George Floyd
das Leben und der Tod

AF175357

Inhaltsverzeichnis

Vorwort

Als ich mir das schreckliche Video von George Floyd angesehen habe, wie er durch einen Polizisten gefühllos umgebracht wird, wollte ich einfach raus gehen. Ich ging in den Wald, betete in der Stille und dachte an den Menschen und an das Ego. Mir war klar, dass der Mensch ein sehr grausames Wesen sein könnte.

Ich dachte erst, dass ich für ihn nicht mehr tun könnte. Dann fiel mir ein, dass ich in den Zeiten wie Corona, wo man viel Freizeit hat, ein Buch zu schreiben, was für alle Menschen von Bedeutung sein kann und der Tochter von George Floyd guttun würde. Denn ein Teil von Einnahmen würde ich gerne an seine Tochter spenden.

Ich denke, dass die Leser durch das Buch mehr über sich selbst und der Welt erfahren werden und somit glücklicher sein können, da das Buch für die Bedürfnisse aller Menschen gedacht ist. Es gibt in dem Buch auch viele Weisheiten, die hoffentlich in den Herzen der Menschen gedeihen und uns zusammenbringen, damit wir in der Welt die Grausamkeit minimieren können.

Ich habe in dem Buch versucht, damit die Menschen ihre eigene Geheinisse entdecken und den Rassismus somit aus der Welt schaffen, da ich glaube, dass die Menschen, die sich selbst kennen gelernt haben, nie rassistisch sein können. Außerdem sind sie glücklicher und erfolgreicher.

Anschließend habe ich mich mit unserem hauptsächlichen Problem Corona konfrontiert, da ich ja ohne Corona wahrscheinlich das Buch nicht so schnell schreiben könnte.

Ich habe ein Jahr gebraucht, das Buch fertigzustellen und kann sagen, dass das Buch eine bunte Seele hat und das Leben eines Menschen positiv verändern kann, da die Geschichten und Weisheiten in dem Buch den Menschen über viele Themen zum Nachdenken anregen. Denn so wie man lebt, stirbt man auch. Man sagt dazu: „Wasserkrug geht auf dem Wasserweg kaputt."

Viel Spaß und Freude beim Lesen!

1 Gott und Rassismus

Gott liebt Ausländer. So steht es in der Bibel. Denn Gott heißt auch der Allbarmherzige und der Allerbarmer. Gott will, dass wir uns gegenseitig unterstützen und lieben. Der Mensch ist ein Produkt, das in Liebe blüht und in Hass verwelkt. Aus diesem Grund Rassismus tut am meisten bei dem weh, der es tut. Jemand, der im Herzen Hass trägt, kann nicht glücklich sein. Und das ist egal, ob man sich selbst oder einen anderen Menschen hasst. Das Hassen erzeugt negative Energie und aktiviert die Gene, die einen Menschen krank macht; es generiert nur miese Zustände, die einem Menschen das Leben unschön macht.

Wir sind Menschen und wandern, seitdem Gott uns erschaffen hat. Unsere Bedürfnisse sind unbegrenzt, aber vor allem die Zeit, der Ort und das Wetter spielt eine große Rolle, dass wir wandern müssen.

Die erste Zivilisation fand am Göbeklitepe in Sanliurfa/Türkei statt. Der Grund dafür war die Religion. Die Menschen kamen sich näher, weil die Religion ihnen die nötige Geborgenheit schenkte. Heute ist es immer noch so, wo die Menschen sich unter dem Schirm der Spiritualität aufhalten.

Die Menschen aus Göbeklitepe kamen dahin, um ihre religiöse Rituale einzuhalten und brachten viele Tiere, die sie gejagt haben. Aber wenn das Essen fertig war, müssten Sie den Tempel und ihre Freunde verlassen. Irgendwann haben sie Ziegen, Schafe, Rinder und Schweine domestiziert und

Felder bewirtschaftet. Also sie waren die Vorreiter und schufen als erster neolithische Revolution, und zwar vor ca. 10.000 Jahren. Aber ihren Tempel bauten sie vor 12.000 Jahren. Es müsste 2000 Jahre vergehen, bis sie selber ihr Essen aus der Erde schöpfen könnten. In Europa begann die neolithische Revolution ab 6000 v. Chr., auch durch Ausländer, die wie die Syrer über die Türkei nach Europa gekommen sind.

Die Menschen aus Europa waren damals noch Jäger und Sammler und als die Menschen aus dem fruchtbaren Halbmond nach Europa kamen, wie es heute der Fall ist. Der Unterschied ist, dass sie damals mit ihrem Vieh und Getreide nach Europa kamen und den Menschen Kultur und Landwirtschaft beibrachten und heute sie von den lernen müssen, wie man das Leben besser macht.

Laut Prof. Klaus Schmidt müsste der erste Mensch, der Gott anbetete in Göbeklitepe gelebt haben und wahrscheinlich wird der letzte Mensch, der den Gott anbetet auch dort leben, wo der erste Mensch, der den Gott anbetete, gelebt hat. Alles kehrt zu seinem Ursprung zurück. Und wir kommen von Gott und zu ihm müssen wir auch zurückkehren, ob wir wollen oder nicht. So wie nicht unser Wille ist, dass wir auf die Erde abgesetzt sind, ist auch nicht unser Wille, dass wir wieder zu Ihm zurück gebracht werden.

Der liebe George Floyd warnte die Menschen in seinem Video, dass der Mensch eines Tages sterben und vor Gott stehen wird. Ja, es wird dieser Tag für alle Menschen kommen und jeder wird einzeln vor Gott stehen. Es wird der Tag der

Reue sein. Aber wer an ihn nicht glaubt und ihn nicht liebt, wird verloren gehen.

Was ist, wenn der Tag kommt und Gott dir sagt: „komm mal her du Rassist und gebe Rechenschaft deiner Taten!" Rassismus ist weder auf der Erde gut noch in der Walhalla. Man kann auch nicht im Lebenslauf schreiben, dass man ein Rassist ist, wenn man eine gute Stelle will. Also Rassismus ist etwas, was man lieber versteckt.

Der Ursprung einer Rasse ist die Zusammenmischung anderer Rassen. Das heißt, dass alle Rassen untereinander verwandt sind und eigentlich der Term Rasse für den Menschen falsch ist. In der Not verhalten sich aller Menschen nahezu gleich. Man ist meistens auf sich alleine gestellt. In unserer Zeit, wo der Mensch nach wie vor Liebe und Brüderlichkeit braucht, kriegt man sie selten. Es gibt wirklich kaum mehr Straßen, wo jeder sich kennen und sich besuchen und gegenseitig helfen.

So wie wir nicht zulassen, dass der Tank des Autos ganz leer wird und wir zu Tankstelle laufen müssen, dürfen wir auch nicht zulassen, dass die Liebe in unseren Herzen durch Hass zu Nichte wird. Denn sie bekämpfen sich. Die Engel und Teufel bleiben nicht in einem Raum und die Liebe und der Hass bleibt ebenso nicht in einem Herz. Entweder hat man Liebe im Herzen oder Hass.

Im Herzen sollte man auch Gott fürchten. In dem heiligen Buch spricht der weise Salamo: „Gottes Furcht ist Anfang der

Erkenntnis, nur Toren verachten Weisheit und Zucht."[1] Man soll Gott mehr fürchten als alles andere. Denn so wie die Mütter ihre Kinder bestrafen, bestraft Gott uns auch, wenn wir die Grenzen überschreiten. Und Rassismus überschreitet jede Grenzen, da in sich die unsichtbare Arroganz steckt. Und die Arroganz bestraft Gott. Das beweist unser schönes deutsches Sprichwort. Man sagt: „Hochmut kommt vor dem Fall!" Wenn man es prüfen will, ob das deutsche Sprichwort stimmt, kann man das Ende der hochmütigen Menschen recherchieren und man wird sehen, dass es stimmt.

Man wird hochmütig, indem man andere kleiner als sich selbst sieht oder denkt, dass man größer und besser als die anderen Menschen ist. Solche Menschen werden weder von Menschen noch von Gott geliebt.

Es kam in diese Welt 124.000 Propheten und keiner war hochmütig und auch die weisesten Menschen, die ich kennen gelernt habe, waren auch nicht hochmütig. Auch die meisten Professoren, die ich kennen gelernt habe, waren bescheiden. Aber die dümmsten Menschen, die ich kennen gelernt habe, verhielten sich hochmütig. Und leider gibt es jede Menge von diesen Menschen und sie wissen nicht, womit sie spielen. Sie ziehen über sich die Strafe Gottes, ohne zu wissen, was sie als Strafe bekommen werden.

Ich würde Ihnen von einer Frau erzählen, die ihr Geld durch Kaffeesatz verdient hat. Sie schaute in die Kaffeetassen, die

---

[1] Die Bibel, Altes Testament, das Buch der Sprichwörter, Herder, Vers 1:7

ihre Kunden getrunken haben und prophezeite ihre Zukunft und vieles mehr. Sie konnte davon leben, aber nicht lange. Sie ist nicht mal 40 geworden und ihre drei Kinder hatten auch ein pechvolles Leben. Die Tochter haute mit einem Mann ab und wurde von ihm noch umgebracht. Der Mann schob die Schuld in die Schuh des Bruders. Er wurde verhafte und kam raus und brachte zwei Menschen um und ist immer noch im Knast. Dem jüngsten Sohn geht es auch nicht gut.

Es gibt wahrscheinlich eine kosmische Regel, die wir nicht verstehen. Es gibt Engel, die für uns beten und wir nicht sehen dürfen und Teufel, die für uns das schlimmste wünschen. Und wir werden zum Teufel, wenn wir das schlimmste für unsere Mitmenschen wünschen und tun.

Es gibt Menschen, die einem in Not Atem spenden und manche Polizisten den Atem nehmen, was uns alle Menschen in der Welt erschüttert hat. Im Koran steht: „Aus diesem Grunde haben Wir den Kindern Israels angeordnet, dass, wer einen Menschen tötet, ohne dass dieser einen Mord begangen oder Unheil im Lande angerichtet hat, wie einer sein soll, der die ganze Menschheit ermordet hat. Und wer ein Leben erhält, soll sein, als hätte er die ganze Menschheit am Leben erhalten. Und zu ihnen kamen Unsere Gesandten mit deutlichen Beweisen; aber selbst dann viele von ihnen (weiterhin) ausschweifend auf Erden.[2]

---

[2] Der Koran, Max Henning, Diederichs Gelbe Reihe, Vers 5 Sure 32

Und was passiert aber, wenn Sie jemandem das Leben nehmen?

Sie werden leiden. Die Eltern, die Engel und die Menschen werden Sie verfluchen. Nachdem Sie jmd. getötet haben, ändert ihre kosmische Farbe. Die Engel werden sie verlassen, die Freunde werden sie verlassen und durch Reue werden Sie sich auch hassen.

Mach deine Augen auf! Gottes Auge ist überall. Niemand kann ihm entgehen. Wenn du immer von Pech umgeben bist, dann blick in die Vergangenheit und schau nach und liste auf, wo du überall Fehler gemacht hast. Denn einem Menschen das Herz zu brechen, ist schlimmer Gottes Haus zu zerstören. Und durch deinen Rassismus zerstörst du Gottes Haus, da du den Menschen das Herz brichst.

Es ist die Regel der Welt, dass die schwachen unterstützt werden müssen. Man kann es oft in der Natur beobachten, wenn es wieder Brutzeit ist. Das Weibchen brütet und wird schwach und auf Hilfe angewiesen. So bringt das Männlein Futter und füttert sie, während das Weibchen auf den Eiern sitzt. Durch Rassismus macht man diesen Schutzschild weg, indem man sich über andere erhebt und sich besser sieht als andere. Es ist auch beim Rassismus eine Art Vergötzung dabei. Und nur Gott kann helfen und wenn dein Gott Rassismus ist, hast du Hilfe nur beim Rassismus zu suchen. Denn du hast einen anderen Gott. Was du zum Gott gemacht hast, hast du auch nur bei diesem Gott Hilfe zu suchen. Da man gleichzeitig zwei Götter nicht dienen kann, hat man beim Rassismus schlechte Karten, wenn es mal im Leben alles auf den Kopf gestellt wird.

Wie schon in der Bibel bekannt ist, dass man entweder nur dem Gott oder dem Mammon dienen kann. Das ist auch klar, dass man nur von ihm belohnt und beholfen wird, dem man auch dient. Man kann nicht bei Siemens arbeiten und den Lohn von Daimler bekommen. Man wird da belohnt, wo man dient. Und beim Rassismus dient man alles andere außer Gott.

Ein anderer Grund für Rassismus ist die Angst vor Verlust. Manche Menschen denken schon, dass Dezimieren der Menschen gerechtfertigt sei, wenn wir ihrer Meinung nach zu viele auf der Erde sind. Sie vergessen dabei die Macht des Gottes. Gott versorgt uns und nicht die Muttererde oder Gold. Wenn alle Tale, Berge und Meere voller Menschen wären, wird kein Mensch vor Hunger sterben, da dem Gott nichts schwer ist und er niemanden auf die Erde schicken würde, wenn Er sie nicht versorgen will. Auch kein Schäfer bringt die Schafe in den Stall, um sie verhungern zu lassen. Eher will er, dass sie gesund sind und reichlich Futter haben, damit sie schön zunehmen. Und wenn es so ist und der Gott der barmherzigste ist, müsste auch für uns so sein, dass Gott will ,dass wir alle reichlich Essen haben, gesund sind und uns entfalten. Aber der Teufel flüstert den Menschen Gedanken, die den Menschen aus Angst und Verzweiflung Sklave des Teufels oder Mammon machen.

Ein guter Freund von mir wollte eine Ausländerin heiraten und die Eltern waren dagegen und gaben dem Mädchen das Gefühl mit ihm nicht glücklich zu werden und sie verlies ihn und er verlies seine Eltern. Dann die Beziehung zwischen ihm und seiner Eltern ist auch nie wieder gut geworden und er konnte dem dritten Gebot „Du sollst deinen Vater und Mutter ehren", nicht vollziehen. Martin Luther sagte, dass die Eltern

Stellvertreter Gottes auf Erde sind.[3] Und Prophet Mohammed Mohamed sagte: „die Zufriedenheit Allahs liegt in der Zufriedenheit der Eltern und Sein Zorn liegt in ihrem Zorn."[4] Leider hat er nach ihr nie wieder ein Mädchen kennen gelernt. Ich habe oft erlebt, dass der Morgen segenreicher ist, wenn ich Gestern meine Eltern glücklich gemacht habe. Ich kann nicht so genau wissen, was da passiert ist. Ich weiß nur, dass er den Kontakt seiner Eltern abgebrochen hat und von ihnen nichts mehr wollte. Wenn man schon überlegt, kann man einsehen, dass was mein guter Freund gemacht hat, falsch war und seine Eltern auch sich schlecht verhalten haben. Aber für ein Mädchen seine leiblichen Eltern zu verlassen, die jede Nacht für ihn aufgestanden sind und ihn großgezogen haben, ist auch nicht schön.

Heute ist es aber normal, dass man seine Eltern mit dem Auto ins Altersheim bringt, obwohl man weiß, dass die Senioren, die unfreiwillig ins Altersheim kommen weniger leben als die Älteren, die freiwillig ins Altersheim kommen.

Die Eltern sind der Eingang, damit man ein glückliches Leben führen kann. Ohne dass wir sie zufrieden stellen, werden wir auch nicht zufrieden sein. Man kann auch leicht ahnen, warum es so ist.

2 Temet Nosce- Know Yourself

---

[3] Martin Luther, gesammelte Werke, das erste Hauptstück, die Zehn Gebote, S. 3513
[4] Hasen li Gayrihi, Et -Tirmidhi

Was ist denn der Mensch? Ist der Mensch wie der Platon sagt, nur ein Zweifüßler? Wenn jemand meint, dass der Mensch nur mit Füßen gehen kann, weißt er nicht, was der Mensch ist und wozu er imstande sein kann.

Wer sich selbst kennen lernt, lernt auch Gott kennen. Wer sich nicht kennt, kennt auch Gott nicht. Der Weg ist ganz einfach. Man muss die Wünsche ignorieren, wenig essen und trinken, damit man nicht wie ein Ochs schläft und geistig wie ein Wurm ist. Also die Menschen, die ihren Bauch vollfüllen, können sie ihren Geist nicht füllen. Also Magen voll Geist ist leer oder Magen leer Geist ist voll. Der erste Schritt zu sich selbst ist der Verzicht auf Völlerei. Wenn man das schafft, kann es weiter gehen. Meer weiß ich nicht, da ich auch diesen ersten Schritt noch nicht geschafft habe.

Prophet Mohammed sagte: „Stirb, bevor du stirbst." Wer diesen Rat ins Herz nimmt, wird sein Herz bestimmt unverletzlich und somit nicht krankheitsanfällig. Viele von uns landen in die Psychiatrie oder kriegen somatische Probleme, weil unser Herz verletzt ist und wir mit verletztem Herzen weiter leben wollen. Dieser Rat ist die absolute Prävention vor unerwünschten Gefühlsschwankungen, die Lebensqualität eines Menschen stark stören könnten. Es hat natürliche etliche Vorteile für den Menschen, wenn man diesen Rat natürlich praktizieren kann.

Ibn Arabi hat bestimmt seinen Rat praktiziert und hat eine andere Perspektive vom Tod. Für ihn hat der Tod sogar Farben:

Der weiße Tod:

In diesem Zustand akzeptiert man das Hungergefühl und befreit sich zu folgen, was der Bauch sagt. Und dadurch, dass der Magen leer ist und das Gesicht ist dementsprechend ändert und weißer wird, nannte Ibn Arabi diesen Tod weißer Tod.

Der schwarze Tod:

Hier nimmt der Mensch die Kontrolle über seine Wut und Ärger. Er ärgert sich nicht, wenn er getadelt wird. Der Mensch kümmert sich nicht mehr darum, ob die anderen Menschen ihn bejubeln oder beschimpfen.

Der grüne Tod:

Hier erreicht man die dritte Stufe des Todes. Man achtes nicht auf Äußerlichkeiten. Aber heute will man überall gut aussehen, mit Klamotten prahlen und überall großes Ansehen genießen. Was die anderen Menschen sagen, ist uns sehr wichtig und wir wollen, dass Sie uns Anerkennung schenken. Ich weiß nicht, was die Menschen dann mehr haben als vorher. Oder man will berühmt oder jemand sein, der was zu sagen hat. Am Ende wird man durch die Geisteshaltung nur noch unglücklich. Denn der Mensch ist ständig im Wandel. Meine Oma sagte an ihrem fünfundneunzigsten Geburtstag, dass sie jedes Jahr neuen Verstand bekäme.

Also in diesem Zustand ist dem Mensch das äußere nicht mehr wichtig. Die Bibel sagt hierfür eigentlich alles:

Nicht auf äußeren Schmuck sollt ihr Wert legen, auf Haartracht, Gold und prächtige Kleider, sondern was im Herzen verborgen ist, das sei euer unvergänglicher Schmuck: ein sanftes und ruhiges Wesen. Das ist wertvoll in Gottes Augen.[5]

Der rote Tod:

Das ist der letzte Zustand des Todes. Der Mensch ist imstande das Gegenteil zu tun, was das Ego will und verlangt. Also der Mensch reitet auf dem Ego und nicht andersrum. Man sagt ja auch im Sufismus, dass das Ego ein Reittier ist. Wenn man auf ihm nicht reiten kann, reitet er eben auf uns. Und leider ist es meistens der Fall. Es gibt seltene Menschen, die ihr Ego dressiert haben, obwohl viele Wissen, dass er die Mutter für alle Unheil auf Erde ist. [6]

Das Ego hat wiederum 7 Zustände:

1- An Nafs an-Ammare:[7]

Das ist das Ego, das den Menschen befiehl, böses auf Erden zu tun. Der Mensch ist ständig mit Gedanken beschäftig, was dem Gott nicht gefällt. Er tut ein Übel und erfreut sich darüber. Er ist dann z.B. froh, wenn er auf der Straße 50 Euro

---

[5] Die Bibel, das Neue Testament, 1. Petrus. 3:3-5, Herder, S. 1373
[6] Vgl. Ibn Arabi, Nefsini bilen rabbini bilir (wer sich selbst kennt, kennt seinen Herrn), Verlag hayykitab
[7] Nafs ist das Ego oder die Seele.

findet und es in der Spieliothek ausgibt statt nach dem Besitzer zu suchen.

2- An Nafs al-lawwama:

Hier sieht man einen Menschen, der bereut, wenn er ein Übel tut. Er ist nicht so ein Arschloch wie bei Nafs An Ammera. Also wenn Sie mit der Frau eines anderen schlafen, bereuen Sie wenigstens. Aber es gibt auch Menschen, die nicht bereuen. Ich kenne zwei aus meiner Stadt und man kann sagen, dass die beiden in zehn Jahren mit so vielen Frauen zusammen waren, dass sie eine kleine Stadt bevölkern könnten. Aber am Ende waren sie beide dadurch nicht glücklicher und suchten das Glück bei künstlichem Glück und nicht bei wahrem Glück.

3- An Nafs al-Mulhima:

Auf dieser Stufe bekommt das Ego Inspirationen. Er folgt nicht nach seinen Trieben und will auf dem Weg der Spiritualität weiter schreiten.

4- An Nafs al-Mutmainna:

Das ist das zufriedene und das ausgeglichene Ego. Er leidet eben nicht mehr, da er eben seine Leidenschaften überwunden hat. Ob er seine Leidenschaft gerade ausübt oder nicht, tangiert ihn nicht. Man kann es mit Ataraxie der Antike vergleichen und sagen, dass der Mensch in dieser Stufe sehr ataraktisch ist.

Im Studium redete ich mit Flobert und Ulrich über Ataraxie und wir lachten sehr darüber. Sie kommen beide aus

Kamerun, aber einer hat deutschen und der andere französischen Vorname. Dem Flobert störte das nicht aber dem Ulrich schon. Er sagte uns, wie er nicht auf Papier hieß, aber irgendwie konnte niemand sein Name aussprechen und wir sagten einfach weiter den deutschen Name Ulrich.

Wir lachten auch sehr über Epikur. Ich weiß nicht, was er mit diesem Satz vorhatte und bewirken wollte. Aber er hat uns auf jeden Fall sehr amüsiert. Er sagte: „Das schauerlichste Übel also, der Tod, geht uns nichts an; denn solange wir existieren, ist der Tod nicht da, und wenn der Tod da ist, existieren wir nicht mehr."

Der Flobert und Ulrich waren für mich und für viele andere wie Brüder. Wir sprachen alle deutsch und hatten Spaß am Studium, wenn wir zusammen waren. Rassismus kannten wir nicht und es ist eine große Schande in der Welt, wenn ein farbiger geschlagen und ermordet wird.

Wir sehen, dass Deutschland ein Vorbild für andere Länder sein kann. Wir müssen die Rassisten überzeugen, dass es auch wahre Freundschaft und Liebe zwischen weißen und farbigen Hautfarben gibt. Es ist nur wichtig, wie der Mensch und sein Ego sich entwickelt haben.

5- An Nafs ar- Radiya:

In dieser Station ist das Ego von Wünschen und Gelüsten frei und erfreut sich an der Schöpfung des Gottes. Das Ego ist in diesem Zustand mit Gott zufrieden. Normalerweise ist das Ego Feind Gottes, aber durch Aspiration, Askese und spirituelle Reinigung wird der Mensch neu geboren und sein Ego kann sogar zum Freund Gottes werden.

Gott sagt in einem heiligen Hadith: „Sei ein Feind gegen das Ego, weil es Mir den Krieg und Feindseligkeit erklärt hat." Laut Luther Bibel müsste das auch stimmen, da er sagt: „denn jedermann findet bei sich selbst Unlust zum Guten und Lust zum Bösen."[8]

Was passiert aber, wenn man Freund Gottes wird?

In einem heiligen Hadith können wir es verstehen, was für eine große Glückseligkeit es ist:

Gott sagt: „wer einem Diener von mir, der ein Freund von mir ist, zum Feind wird, dem erkläre ich den Krieg. Das Beste, womit mein Diener sich Mir annähern kann, sind die von mir gebotenen Pflichten zu verrichten. Mein Diener nähert sich zu mir durch freiwillige Taten, bis ich ihn liebe. Und wenn ich ihn liebe, dann bin sein Ohr, mit dem er hört, sein Auge, mit dem er sieht, seine Hand, mit der er zupackt und sein Fuß, mit dem er geht. Und wenn er Mich nach etwas fragt, dann gebe Ich es ihm. Und wenn er Mich um Zuflucht bittet, dann gewähre Ich sie ihm."[9]

Und oft wissen viele Menschen nicht, wer Freund Gottes ist und viele Gottes Freunde wissen auch nicht, dass sie Gottes Freund sind. Wir Menschen haben einen großen Einfluss

_____

[8] Martin Luther,Vorrede auf die Epistel S. Paul an die Römer,S 3455 e-book

[9] Sahih al- Bukhari und Muslim

miteinander, auch wenn wir uns nur angucken. Ich arbeitete im Krankenhaus und hab eine Dame zu OP gefahren. Ich sah, dass Sie gute Ausstrahlung hatte. Ich fragte Sie, ob Sie für mich beten könne, da ich auf der Wohnungssuche war und keine Wohnung finden könnte. Es gab sogar Makler, die mir sagten, dass der Vermieter für diese Wohnung keine Ausländer wünschte. Ich suchte und suchte, aber fand nicht.

Am Ende fragte ich eine junge Patientin, die vom Balkon gefallen ist, ob sie für mich beten würde. Das Junge Mädel betete für mich und nach 4 Stunden hatte ich den Wohnungsschlüssel. Ich wusste, dass es mit dem Gebet zu tun hatte. Ich fand eine 1 Zimmer Wohnung für 640 Euro. Wo gibt es sowas? In Darmstadt Eberstadt außerhalb der Stadt, wo man vor Paar Jahren 350 Euro für ein Zimmer zahlte, wollen die Vermieter jetzt 640 Euro für ein Zimmer. Ich konnte eben nicht Nein sagen, da ich dringend eine Wohnung brauchte.

Am nächsten Tag ging ich zu ihrem Zimmer. Sie hatte sich von der Operation erholt und fragte Sie, ob sie für mich gebetet und was sie gesagt hat. Sie sagte: „ich sagte nur: „lieber Gott, bitte helfe diesen Mann!""

Ich fragte Sie, ob Sie schon mal gebetet hat. Denn nach 4 Stunden hatte ich eine Wohnung. Und davor hatte ich 4 Monate ohne Erfolg gesucht. Sie sagte, dass Sie zum ersten Mal in Ihrem Leben gebetet hat. Und sie war nicht älter als 27 Jahre.

Auch ich betete als Patiententransporteur für andere Kranken im Krankenhaus, wenn ich sie mit Bett oder Rollstuhl hin und her schieben müsste. Eines Tages musste ich einen alten Mann zu Endoskopie bringen. Er war sehr alt und müde zu sprechen. Ich zog das Bett von vorne und blickte in sein Gesicht und betete: „mein Gott, helfe diesen Mann! Helfe, wenn nicht, helfe ihm mit dem Tod." Es hat keine eine Sekunde gedauert und ich sah wie seine Zunge nach hinten schlug und sein Geist sich von seinem alten Körper entzog. An der Stelle war er Tod. Ich rief die Schwestern und sagte, dass der alte Mann Tod sei. Sie sagten: „nein, nein. Er schläft nur. Bei ihm ist alles in Ordnung. Ich ging aber nicht weg, bis sie mit mir zu dem alten Mann kamen, der in seinem Bett Tod im Korridor stand. Die Schwester setzte sich aufs Bett und machte Herzmassage und alles Mögliche. Aber er kam nicht mehr zurück.

Vielleicht wollte er auch gehen. Denn das Leben war für ihn nur noch eine große Bürde, wie ich gesehen habe. Er hatte keinerlei Spaß und Lust mehr am Leben. Kraft hatte er auch nicht mehr. Ich weiß nicht, ob ich was Gutes oder Schlechtes getan habe. Aber es ging paar Wochen sehr schlecht.

Also es ist sehr wichtig, wie wir mit anderen Menschen umgehen. So wir mit jemandem reden und ihn behandeln, kann unser Leben zum Guten oder zum Schlechten verändern. Das kann uns großes Glück bringen oder aber Unglück. Der Prophet Mohammed sagte, dass das Anlächeln eines Menschen schon Almosen sei. Und wer gibt, bekommt auch was. Und wer Gott etwas gibt, dann recht.

Prophet Abraham hat den Beinamen Halillullah und das bedeutet Freund Gottes. In der Bibel sagt Gott zu Abraham:

„ich will segnen, die dich segnen und verfluchen, dich verfluchen."[10]

Heute lebt zwar kein Abraham mehr, aber sein Nachkommen sind zahlreich und niemand kann sie zählen, wie Gott Abraham gesagt hat. Denn was Gott sagt, wird immer Wahrheit.

6- An Nafs al Mardiya:

An dieser Stelle ist Gott mit dem Ego seines Dieners zufrieden. Erst wird das Ego mit Gott zufrieden und dann Gott mit dem Ego. Man überwindet hier all die spirituelle Hürden und ist ganz frei von Gelüsten und Wünschen. Das Ego wird zu einem erfreuenden Wesen.

7- An Nafs al- Kamilah oder Safiya:

Hier wird die Knospe zu Rose. Das Ego ist ganz rein. Der Mensch zählt zu den Heiligen ist Stellvertreter der Propheten auf der Erde. Er sieht dann mit dem Auge Gottes, hört mit seinem Ohr und greift mit seiner Hand etc. Hier ist es ganz wichtig, dass man keine Bilder von Gott macht. Denn der Gott ist allmächtig und der Mensch ist weder fähig seine Allschönheit zu zeichnen oder visualisieren noch irgendetwas von Gott vorzustellen. Und wie das zustande kommt, bleibt eben ein Geheimnis.

---

[10] 1. Mose 12

Prophet Mohammed sagt: „denke, was Gott erschaffen hat. Aber nicht an das Wesen (-Gestalt) Gottes. Sonst geht ihr zugrunde."

Gott sagt in der Bibel oder Thora ausdrücklich: „Du sollst kein Bildnis von mir machen." Weder die Hände noch unser Gehirn kann Gott zeichnen. Wir können unendlich sagen aber eben nicht schreiben, nur symbolisieren. Und das ist auch eine Erfindung oder Hirngespinst, damit wir unbegreifliche begreifbar zu machen

Wenn man überlegt, dass sowas wie „Temet Nosce" gibt und Überwindung des Egos und die Menschen trotzdem sich mit Rassismus identifizieren, kann man nur sagen, dass Rassismus eine minderwertige Obsession ist, wo es dabei nichts Substantielles gibt. Man verliert nur.

Es wäre schön, wenn jeder wüsste, dass in Menschen etwas Wunderbares gibt und der Mensch danach gesucht hätte, um es raus zu holen. Vielleicht wird es eine Zeit kommen, wo es neue Wahrheiten ins Tageslicht kommen und der Mensch zum Verstand kommt und so was wie Rassismus in der Welt nicht mehr existiert.

Wie gesagt, jeder Mensch hat etwas Wunderes in sich. Wie die Liebe durch den Magen geht, geht es auch nur durch den Magen, um diesen Schatz raus zu holen. Also der natürliche Instinkt wie Hunger darf den Mensch nicht in Besitz nehmen, genauso alle anderen Instinkte wie Angst in der engen Gasse durch die Nacht etc. Wenn der Mensch sich im Inneren ändert, ändert sich auch seine Umgebung. Es ist vergleichbar wie in einem Ofen. Ich wuchs in einer Wohnung auf, wo es Ofen gab darauf man im Winter Kastanien braten könnte oder Wasser kochen könnte, um zu duschen oder Tee zu trinken. Wenn der Ofen sich im inneren verändert und ganz heiß wird, ändert auch seine Umgebung. Der Winter wird dann so schön, besonders wenn es schneit und man nachdem Spielen draußen auf dem Schnee sich dem Ofen ganz nähert, um sich zu wärmen. So was haben wir leider nicht mehr. Es schneit auch nicht mehr überall. Jeder Vogel schützt sein Nest vor Gefahren, besonders wenn die Küken da sind. Die Kinder gehören uns allen Menschen. Wir sind Vater und Mutter von allen Kindern. Deswegen dürfen die Kinder auf dieser Erde nicht benachteiligt werden und da sie das Nest nicht beschützen können, müssen wir unser Planet Erde endlich retten. Und jeder weiß, was der Feind unserer Erde ist.

Wenn die Erde kaputt geht, geht auch der himmlische Schatz im Menschen kaputt. Und dieser Schatz kommt wenn der natürliche Instinkt unter die Erde gegraben wird. An dieser Stelle wachsen wie ein Korn die übernatürlichen Kräfte der Menschen. Diese Stelle im Leben ist sehr geheimnisvoll. Denn es können auch giftige Menschen wie die giftigen Blumen heraustreten, die sich auch heilig nennen und andere Menschen ausnutzen und dabei denken, dass Sie in den Himmel kommen.

Jesus und Moses fasteten 40 Tage und dabei haben sie natürlich unermüdlich gebetet. Gandhi hat 21 Tage ohne Essen geschafft und nichts passiert. Anscheinend der andere

Flügel, um den Schatz im Menschen raus zu holen, ist das Beten.

Für einen heiligen ist keine große Sache mit einem Schritt aus Berlin in Mekka zu sein oder aus Jerusalem in London. Für ihn ist es nicht schwer die Zeit zu krümmen oder den Raum. Man weiß auch nicht, wie viel Kraft ein Mensch hat. Der Teufel schafft das in Paar Sekunden die Erde durch zu streifen. Und der Mensch ist viel Stärker als die Teufel oder die Engel. Aber er muss diesen Schatz erst verdienen. Diese Gabe haben die Engel und Teufel schon von Geburt an wie die Fische. Aber der Mensch muss was dafür tun. Erst muss er ein Mensch sein.

Und es ist auch nicht menschlich ein Rassist zu sein. Somit ist es für den Rassisten dieser Schatz der Mystik verschlossen. Und es ist auch nicht verständlich, wieso ein Mensch ein Rassist ist und sich den Weg der Selbsterkenntnis zumauert.

Auch Albert Einstein hat diese Mystik in Menschen erkannt und schreibt über den wahren Wert der Menschen folgende Sätze:

„Der Wahre Wert eines Menschen ist in erster Linie dadurch bestimmt, in welchem Grad und in welchem Sinn er zur Befreiung von Ich gelangt ist."[11]

Solange das Ich davorsteht, kann man durch diese Tür nicht hinein gehen und erfahren, was all die großen Menschen

---

[11] Alber Einstein, Mein Weltbild, Herausg., Carl Seelig, Verl. Ullstein, 29. Aufl., S. 13

erzählen. Vielleicht können wir auch wie Moses das Meer spalten oder wie Jesus auf dem Meer laufen, aber dafür muss man erst mindestens die Hälfte tun, was Moses und Jesus getan haben. Also heutzutage könnte wahrscheinlich schon 20 Tage auf einem Berg oder in einer Wüste alleine fasten und beten reichen, wenn man sich und den Gott kennen lernen will.

Der Mensch kann seinen wahren Wert nicht bei sich selbst erkennen. Im Spiegel sieht man zwar die Falten, wenn man alt geworden ist, aber wenn bis dahin bei Gott nicht angekommen ist, kann er sich selbst nicht kennen lernen.

Alles außer Gott ist ein Masiwa[12] und egal was in den Sinn kommt ist und in Gedanken abspielt, ist ebenso ein Masiwa. Der Mensch selbst auch ein Masiwa. Und das Geheimnis liegt beim Gebet und Meditation von Masiwa fern zu bleiben. Nur so kann der Mensch sich selbst erkennen und wissen, was in ihm wirklich steckt.

Man muss sich bewusst sein, dass der Mensch in sich das hässlich schlimmste und das gütig schönste Wesen in sich herbergt. Durch die Veredelung oder das Verderben der Seele kommen sie zum Vorschein und der beste Mensch kann zum schlimmsten und der schlimmste Mensch kann zum besten Menschen werden.

Der Mensch wird immer edler, wenn er das Gegenteil tut, was sein Ego will und wird dementsprechend unedler, wenn er

---

[12] Masiva bedeutet Welt, Universum etc. Also jedes Ding nennt man ein Masiwa außer Gott.

seinem Ego alles gibt, was er will. So wird der Mensch engelartig und teuflisch, je nachdem ob er seinem Ego dient oder sein Ego dienen lässt.

Das wichtigste bei Temet Nosce ist, dass man darauf achtet, was man isst und spricht und wie das Ego sich entwickelt. Man muss wissen, dass das Ego der Feind für uns ist. So sind viele Menschen allein durch Essen zu Tode gekommen oder indirekt wegen Esssucht gestorben, da sie nicht geschafft, sich von den Schellen ihrer Egos zu befreien. Und solange das Ego der Herr ist, kann man sich auch nicht kennen lernen.

Erst wenn man nicht mehr ichorientiert und das Leben nicht mit dem Auge des Bauches beobachtet und im Gedanken nur Sex und Rock 'n' Roll hat, kann der Geist frei von den inneren Hand- und Fußschellen sein und man kann das Leben mit dem Auge des Herzens beobachten. Dafür muss man aber das Ego ein Diener werden. So beginnt die physische und geistige Entwicklung und man lernt sich selbst und seinen Herrn kennen.

Ein verstorbener alter Sufi namens Ibrahim Hakki sagt: „wer versucht Gott kennen zu lernen, bevor er sich selbst kennen lernt, ist wie ein Mann, der Bankrott ist und trotzdem alle armen Menschen der Stadt zum Essen einlädt.[13] Also so wie es scheint, Gott kennen zu lernen, geht es dadurch, dass man erst sich selbst erkennt und kennen lernt.

---

[13] Vgl. Ibrahim Hakki, Marifatname

Man soll auch nicht vergessen, dass man das Herz, den inneren Dialog und die Gedanken zum Schweigen bringen muss, um sich kennen zu lernen und zu entfalten. Wenn man die ganze Zeit redet, kann man den Gesprächspartner nicht verstehen. So ist es auch zwischen Gott, Mensch und Ego. Also das Äußere und das Innere eines Menschen müssen zusammen zum Schweigen gebracht werden, wenn man nicht nur dieses Leben sehen will, was wir mit unseren 5 Sinnenorganen erkannt haben.

2.1 Sigmund Freund und die Sublimation

Heute ist es sehr schwierig, dass ein Jugendlicher sich geistig entfalten kann. Es gibt eine große Mehrheit unter den jugendlichen, die cool und anders sein wollen als andere, ohne zu wissen, dass es feind für die Sublimation ist. Auch der Gedanke, sich veredeln zu lassen, um sich von anderen Menschen zu differenzieren, macht die Sublimation sehr schwierig.

Der Mensch muss sich erst lieben lernen und dann die Menschen und alles andere um sich herum lieben, da sonst die Sublimation scheitern wird. Wenn man erst mit der Liebe im Einklang ist, kann der Prozess erst beginnen, dass der Mensch sich sublimiert. Also einfach Libido ignorieren reicht auf jeden Fall nicht aus.

Es kann ebenso nicht funktionieren, wenn der Mensch von Zukunft und anderer Menschen Erwartungen wie Anerkennung, Akzeptanz, Respekt, Prestige, etc. hat.

Man muss lernen, dass man nur im jetzt atmen und da sein kann. Es muss jedem klar sein, dass alles Materielle und Immaterielle nur im Jetzt stattfindet und außer dieser Zeit alle anderen Zeiten auch nur im Jetzt stattfinden können. Auch die Vergangenheit beansprucht die Gegenwart, um in den Vorschein zu kommen. Wenn man jeden Tag Nudel isst, wird man krank und leider gibt es Menschen, die in manchen Gedanken und Gefühlen gefangen sind und nicht wissen, wie sie da raus zu kommen und leider krank werden, da sie nicht im Jetzt sein können und die Vergangenheit in Vergangenheit lassen können.

Auch die Kinder kriegen schlechte Noten, wenn Sie aus privaten Gründen nicht im Jetzt sein können. Jesus und alle anderen Heiligen und Propheten, die an die Menschheit dachten, beteuern von Gegenwart, wie wichtig sie ist. Der Geist und der Körper können sich auch nur in dieser Zeit entwickeln und gedeihen lassen. Wir Menschen sollten auch lernen niemals für die Vergangenheit und Zukunft den Kopf zu zerbrechen, da eine Zeit Tod und andere noch ungeboren ist.

Ich fuhr eine junge Dame in die OP-Saal, die Selbstmord getan und zum Glück noch am Leben war. Die Mutter starb und sie könnte es nicht verkraften und sprang aus dem Dach, um zu sterben. Sie könnte nicht mehr laufen und die Vergangenheit war immer noch so schlimm. Die Vergangenheit ändert sich nur, wenn wir uns ändern. Es ist wie ein Spiegel. Wenn wir eine Maske tragen, ändert sich das Spiegelbild. So wie wir welche Maske auch tragen, ändert sich dementsprechend der Spiegel . Auch wenn wir keine Maske tragen, wird unser Gesicht physisch mit der Zeit ändern und das Spiegelbild wird sich ebenso verändern. So ist es auch mit Gedanken und Gefühlen. Sie ändern sich in allen Objekten und Subjekten. Mit der Zeit werden wir sogar die Farben anders sehen und vielleicht sehr wenig sehen, wenn wir lange genug auf der Erde weilen. Deswegen ist es sehr wichtig, dass man schnell handelt und sich rüttelt und schüttelt und irgendwie schafft, die Gegenwart mit der Vergangenheit und Zukunft nicht zu verderben, damit man weiter so schön lachen kann.

In den Jahren, wo es noch keine Corona gab, ging ich in den Rhetorik-Club Toastmaster in Frankfurt. Da hielt eine Psychologin eine Rede über Mindfullness und wies uns an, dass man weitere Areale des Gehirns nur durch Mindfullness betätigen und erweitern kann. Da man nur im Jetzt mindfull sein kann, muss der Mensch wieder infantile Fähigkeiten rausholen oder lernen im Jetzt zu sein, wenn er wieder wie Baby wachsen will. Körperliches Wachstum hört zwar auf, aber was gut ist, dass das geistige Wachstum nie aufhört.

Heute erlebt der Mensch ungeheuer vieles vor dem Bildschirm und mir scheint manchmal, dass der Mensch schon visuell im Meer der nutzlosen Information ertrinkt. Der Geist ist so überreizt, dass die Sublimation nicht stattfinden kann.

Die Hände der jugendlichen sind voll beschäftigt. Die Mütter ärgern sich, warum die Küchenrollen so schnell fertig werden.

Die erwachsen sind natürlich nicht viel besser. Die Kraft wird oft für das Bildschirm verwendet und der Konsument wird nur noch eine leichte Beute oder Objekt gesehen.

Porno ist für die Sublimation ein Dorn im Auge, da durch Pornokonsum die sexuelle Kraft in geistige Arbeit nicht umgewandelt werden kann. Es schadet dem Körper, Geist und der Spiritualität.

Die Mütter und Väter sollten sich besser für die Erziehung der Kinder sorgen, wenn Sie wollen, dass ihre Kinder mit ihren Frauen und Kinder glücklich sind. Das Thema ist heute wichtiger als den zweiten Weltkrieg, da Porno den Geist und Seele tötet und Kriege nur die Menschen. Über 70 Prozent aller männlichen Jugendlichen schauen Porno und die erwachsenen sind oft auch sehr jugendlich, wenn sie nicht verheiratet sind.

Bei Pornos werden Männer dem Coolidge-Effekt einfach ausgeliefert und was den weiblichen Pornokonsumenten passiert, weiß ich dabei nicht.

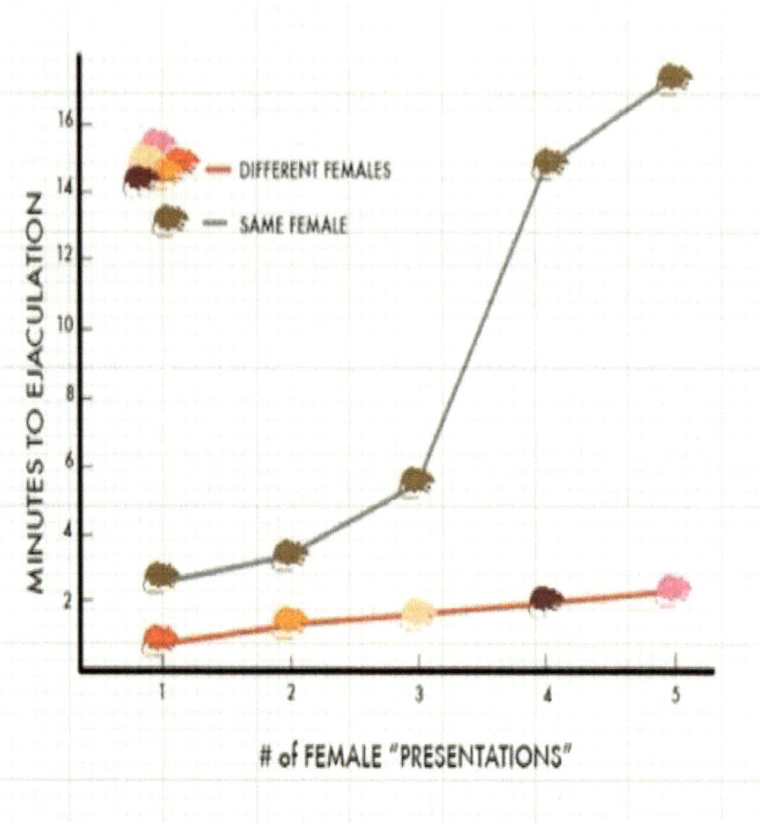

Abbildung 1: Coolidge-Effekt

Man sieht hier, dass die Männer beim Pornoschauen nicht nur zu Schweinen werden, sondern auch zu Ratten, da sie sich genau so verhalten. Man sieht, dass die Ratten die Sexualität nicht wichtiger halten als fressen von einem Stück Roquefort.

Es dauert zu kurz, wenn die Ratte jedes Mal eine andere Rattendame begatten soll. Aber wenn die Ratte nicht fremd gehen darf, schafft die Ratte nach fünften Mal auch nicht mehr seine Geliebte glücklich zu machen. Und wenn man die Steigung sieht, sieht man, dass die Ratten sehr stark sind und fast gar keinen Zeitverlust haben, wenn sie eine andere Ratte bespringen dürfen. Dabei brauchen sie immer mehr Zeit zum Orgasmus, wenn sie jedes Mal mit derselben Dame sich begnügen müssen. Dasselbe Schema spiegelt sich auch beim Menschen, wenn Sie Porno schauen. Sie werden nie satt, der junge wird immer anspruchsvoller und will immer bessere Pornoschauen, was ihn im echten Leben bei der Partnerwahl sehr schaden wird.

Das schlimmste kommt noch, wenn man sich in eine echte Frau verliebt und mit ihr zusammenziehen will. Das Gehirn ist daran gewöhnt immer andere Frau zu sehen und schnell fertig zu sein und das gefällt den Frauen gar nicht. Der Mann verliert schnell das Interesse an der Frau und will alles ausprobieren, bis die Frau merkt, dass sie eigentlich mit einem Schwein oder Ratte zusammen ist.

In der Zeit, wo Polygamie sehr verbreitet war, empfahl Prophet Mohammed, dass man mit einer Frau nicht wie ein Hahn schlafen sollte. Da aber heute der Pornomann durch die Konditionierung der Pornokonsums sich wie die Ratten verhalten wird, wird die Beziehung scheitern und wenn es Enkelkinder gibt, werden all die Familie sehr leiden, was wir vermeiden könnten, wenn wir gemeinsam das Pornozeitalter beenden würden, wo andere Menschen durch die kaputte Seelen der Frauen Millionen von Euro verdienen.

Eins ist klar: aus einem Pornomann wird weder Beethoven noch Einstein und er wird auch kein guter Ehemann sein. Die

Sublimation kann nicht gelingen. Dabei das schöne Erleben der Sexualität, wo all die Tiere sich darum bemühen, wird nur noch ein Samenerguss. Die Frauen werden meistens benachteiligt und man kann es verhindern, indem die Mütter beim Verschwinden der Küchenrollen schnell merken und handeln.

Ich redete mit einem unglücklichen Studenten, der eine Freundin haben wollte aber nicht den Mut hatte, eine Frau anzusprechen. Ich fragte ihn, was das Problem sei. Er sagte, dass sein Phallus sehr klein sei. Man kann schnell erraten, woher sein Penisneid kommt. Er hat vergessen, dass keine Frau wie Charles Darwin in seinem Buch beschreibt den Mann von vorne und von hinten nackt sehen will, bevor sie ihn heiratet.[14] Es wäre seiner Zeit irgendwo in Afrika so der Brauch, dass der Mann sich gehörig vor der Frau erst präsentieren muss, bevor sie zusammen in eine Hütte ziehen.

Ein anderer Freund hatte eine Freundin, und zwar eine schöne Freundin mit einem guten Charakter. Sein Wunsch war mit zwei Frauen im Bett zu sein. Sein Wunsch war so groß, dass seine Freundin ihm diesen Wunsch mit einer anderen Freundin erfüllt hat, damit sie endlich von ihm Ruhe hatte. Man kann auch leicht erraten, woher er auch diesen Wunsch hat. So hat er seine Traumfrau geschadet und ich glaube, dass sie schon lange nicht mehr ein Paar sind.

---

[14] Charles Darwin, die Abstammung des Menschen und die geschlechtliche Zuchtwahl, Verl. e-artnow, S.1129-30

Es gibt leider auch Männer, die ihre Jugendsünde nicht aufgeben können. Sie schauen dann mit 30 immer noch Porno. Und wenn man mit 30 immer noch nach neuen Pornos sucht, obwohl man schon ein Terabyte Pornomüll irgendwo im Gehirn deponiert hat, muss man erst Hilfe nach einem Rabbiner suchen. Wenn das nicht hilft dann nach einem Priester und wenn das immer noch nicht hilft, soll man einen Imam um Hilfe bitten. Und wenn sie alle nicht helfen können, muss er sich bei einem Psychologen in die Warteliste schreiben. Dazwischen kann er sich mit einem Zölibat befreunden, was ihm am meisten helfen könnte. Denn wir haben die Tendenz uns anzugleichen, mit denen wir uns eine emotionale Beziehung bauen, wenn es auch ein Hund mag.

Die Krankheiten und die Schäden von Porno sind unzählig und hoffentlich verdirbt er nicht das ganze Jugend und wir können wieder mal ein Mozart oder Goethe erleben. Jesus wird auch kommen, wenn wir weiter so sündigen und die Anzahl von Ratten und Schweinen so stark vermehren.

2.2 Die Metamorphose

Der schöne Schmetterling hat keine Zeit fürs Babysitten. So legt sie ein Ei auf ein Blatt und fliegt davon. Das Ei schlüpft und frisst sich durch das Blatt. Die Raupe wächst und wächst und dann baut sich um sich herum ein Kokon. Jetzt lebt sie als Puppe weiter und versteckt sich wie ein Prophet hinter Höhlen und Bergen; fern von allen Zungen, Ohren und Augen.

Die Puppe braucht die Zeit der Stille und Entsagung, damit sie weiß, was wirklich in sich ist. Das Blatt fressen war ihre Lieblingsbeschäftigung, aber jetzt muss sie sich zusammenhalten, damit die unerwünschte Raupe der Welt zeigt, was für ein Wesen sie in sich trägt. Endlich kam die Zeit und sie darf sich verpuppen. Es findet die Metamorphose von Raupe zum Schmetterling statt.

Dasselbe Prinzip gilt auch für den Menschen. Es existiert im Menschen wie die Raupe ein wunderbares Wesen, das entstehen kann, wenn man das selbst tut, was die Raupe tut.

Heute ist es aber nicht möglich, dass man als Einsiedler irgendwo lebt und wie der Straußvogel den Kopf in den Sand steckt und nicht mehr sehen und hören will, was um sich herum passiert. Meine alte Nachbarin, die zusammen mit ihrem Mann lebt und freiwillig im Tierheim Katzenklo reinigt, ist viel heiliger als viele Menschen, die irgendwo ihre Faulheit zum Religion machen. Gott hat den Menschen erschaffen, damit wir ihn dienen[15] und der Mensch zum Statthalter auf Erden wird.[16]

Leider müsste aber unsere alleinstehende alte Nachbarin ins Krankenhaus geliefert werden und danach wird sie wahrscheinlich ins Altersheim kommen, obwohl sie nicht so alt ist. Prophet Mohammed ratet uns Verwandten zu besuchen, wenn wir reich werden und länger leben wollen. Er warnt uns auch davor, dass Gott mit uns die Beziehung

---

[15] Koran Sure 51 Vers 56
[16] Koran Sure 2 Vers 30

abbrechen würde, wenn wir die Beziehung zu unseren Verwandten abbrechen. Ich denke, dass die Beziehung zu Nachbarn auch wichtig ist, besonders wenn sie krank sind.

Sie hätte weiter in ihrer Wohnung leben und gar nicht krank werden können, wenn wir ihr positive Energie geschenkt und sie wenigstens ein paar Mal die Woche besucht hätten, um nach ihr zu fragen. Das ist auch Gottes Dienst. Alles was den Tieren und den Menschen zu Gute kommt, ist auch Gottes Dienst, wenn man dabei nicht an seinen Profit und Ego denkt und es für das Wohlgefallen Gottes tut.

Am Frühstück dachte ich wieder mal an meine alte Nachbarin und wollte unserer alten Nachbarin helfen, die gegenüber uns wohnt und versucht ihr Haus in ihrer Abwesenheit sauber und ordentlich zu halten. Als ich mein Vorhaben meiner Frau sagte, ging ich in den Balkon und sah die alte Nachbarin in ihrem Garten. Ich fragte sie, ob sie die Arbeit teilen würde. Sie bejahte es und ich ging schnell runter und zupfte mit ihr zusammen all die Unkraut in ihrem Garten.

Davor habe ich ein Monat nach Mondkalander gefastet und fühlte mich nicht nach einem Monat nicht so erleichtert wie nach Unkrautzupfen des alten Nachbars. Man kann ja auch nicht erleichtert werden, wenn man im Ramadan mehr isst als in den anderen Monaten. Es ist auch bei Sufis bekannt, dass man ohne richtige Vorgehensweise nie das Ziel erreichen kann. Es war aber richtig der Nachbarin zu helfen und so Gott zu dienen.

Die menschliche Metamorphose beginnt, indem wir anfangen, Gott zu dienen und wir um unser Herz ein Kokon bauen. Denn das Herz ist der Platz, wo die Puppe zum Schmetterling wird. So wie die Raupe ihre Flügel niemals sehen kann, wenn sie sich von der Welt nicht verschleiert, kann der Mensch sein wahres Wesen niemals erkennen, wenn er immer hinter den Wünschen seines Egos ist.

Man sollte immer den Rat bei richtigen Leuten suchen und die Metamorphose können uns am besten die Personen beschreiben, die sie erlebt haben. Der heilige Abdul Qadir Gilani schrieb in seinem Buch „Secret of Secrets": „Jesus sagte: „man muss zweimal geboren werden, um das Reich der Engel zu erreichen; also wie die Vögel, die zweimal geboren werden." Was wir hier meinen, ist die Geburt des Geistes aus dem Fleisch. Diese Fähigkeit ist beim Menschen möglich. Das ist das Geheimnis der Menschen. Es entsteht aus dem Verkehr des Wissens über die Religion und dem Bewusstsein des Menschen für die Wahrheit, da alle Kinder aus der Vereinigung zweier Wassertropfen geboren werden."[17]

Es ist einfach faszinierend, wie die Raupe zum Schmetterling wird. Ich denke, dass es faszinierender ist, dass der Mensch die geistige Geburt erlebt, da nur der Mensch so geboren darf.

---

[17] Vgl. Abdul Qadir Gilani, Secret of Secrets, Chapter four „On Knowledge", Vlg. The Islamic texts society, S. 30

2.3 Mindfulness

Jeder Prophet und Heiliger haben Mindfulness (Achtsamkeit) praktiziert, ohne sie dafür einen Namen gegeben haben. Man ist achtsam, wenn man an einem Fluss ist und sich an das Rauschen und Vogelgezwitscher konzentriert, ohne dass man beurteilt. In dem Moment, wenn man die Vogelgezwitscher beurteilt, verliert man das Rauschen der Flüsse und alles andere, was am Fluss passiert. Man ist auch nur mindful, wenn man auch wirklich am Fluss ist und nicht den Liebeskummer, Rechnungen usw. mit an den Fluss genommen hat.

Je mehr man beurteilt, desto schwieriger wird das Leben. Es gibt leider immer wieder Menschen, die gegen jede Kleinigkeit sind. Wenn sie aber nicht dagegen sind, dann müsste egal sein, was die anderen Menschen darüber denken und sagen. So wird man mindful.

 Man bewertet auch nicht die Bewertung anderer Menschen. Das ist ihre Philosophie, um glücklich zu sein. Es kann aber nur passieren, wenn man diesen seelischen und geistigen Zustand erreicht hat, was uns befähigt so zu sein. Ansonsten kann man Professor in Theologie oder Psychologie sein. Es wird nichts ändern, wenn man innerlich noch eine Raupe ist.

Die Sorgen muss man auch entsorgen, wenn man mindful sein will. Es ist wichtig, dass ein Gefühl entsteht, das durch das reine Herz und die Natur zustande kommt. Wenn das Herz voller Sorgen und der Mensch voll in Gedanken sind, die entweder mit Zukunft und Vergangenheit zu tun hat, kann der Mensch nicht sehen, was die Natur ihm mitteilt. Es ist so als ob die böse Königin immer wieder mit dem gleichen Korb und gleichen Äpfeln Schneewittchen töten will. Das würde sogar unserer bösen Königin zu viel sein.

Mindfullness hilft nicht nur für die Selbsterkenntnis und für eigene Gesundheit. Sie hilft Menschen, damit sie sich am Werk Gottes bewundern und erstaunen. So bekommt man auch die nötige Sicherheit, sich dem Gott ganz zu verlassen und ihm aus dem ganzen Herzen zu vertrauen.

Als Student arbeitete ich freiwillig ohne Entgelt als Schäfer bei Frau Mayer in Weiterstadt und bewunderte ich die Lämmer von Rhönschafen. Ich wusste, dass Frau Mayer am nächsten Tag wieder in den Stall fahren würde, um den Schafen Futter und Wasser zu geben. Kein Schäfer würde ihre Schafe verhungern lassen und ich dachte, wie konnte dann der Gott für mich nicht sorgen und da sein, wenn er mich auf so einen kleinen Platz auf der Erde im Universum gesetzt hat. So wie die Schafe dem Schäfer oder Frau Mayer nicht egal sind, müsste ich auch dem Gott nicht egal sein. Ich dachte so und es ging mir viel besser und meine Last wurde viel weniger.

Das ist eigentlich alles. Wenn man Gott liebt, und an ihn glaubt und vertraut. Dann kann man sich auf Gott verlassen und mindful sein. Es gibt auch eine Marktlücke namens MIndfullness, da die Menschen nicht mehr beten und sich dementsprechend nicht auf Gott verlassen können. Und da der Mensch schwach ist und seine Sorgen nicht die ganze Zeit mit sich selbst tragen kann, gibt es auch andere Menschen, die meinen, dass man durch Meditation wieder gesund wird, wenn man sich durch seine Gedanken erst Krank gemacht hat. Eigentlich wird aber nur durch Gott wieder gesund. Und Mindfullness ist das Instrument, damit man vor Gott stillstehen kann. Aber wenn man Gott wirklich liebt, braucht man kein Mindfulness.

Jon Kabat- Zinn, der sein Leben Achtsamkeit gewidmet hat und überall mindful ist, schrieb: „vereinfacht ausgedrückt bedeutet Achtsamkeit, in jedem Augenblick präsent zu sein, ohne zu bewerten."[18] Und Er meint, dass die Achtsamkeit wie ein Muskel ist und gezielt anhand eines gewissen Widerstandes trainiert werden kann.[19]

3 Kriege

Kriege sind unschön. Jeder weiß das von sich aus. Wenn man sich mit sich selbst bekriegt, sieht man die Folgen; es ist die reine Zerstörung von Geist, Seele und Körper. Es gab schon oft Kriege. Der erste Krieg auf Erde war zwischen Abel und Kain.

---

[18] Jon Kabat- Zinn, Gesund durch Meditation, Verlag Knaur Menssana, S. 31
[19] Vgl. Jon Kabat- Zinn, Gesund durch Meditation, Verlag Knaur Menssana, S. 22

Als Kind hat man mir erzählt, dass Abel und Kain zwei Schwestern hätten. Die eine war hübscher als andere. Die Hübsche sollte der Abel heiraten und der Kain wäre eifersüchtig und neidisch auf seinen Bruder, weil er die hässliche Schwester lieber dem Abel überlassen und die hübschere für sich selbst beanspruchen wollte. Irgendwie aus Liebeskummer oder so hätte er ihn umgebracht.

Heute weiß ich, dass die Geschichte anders ist. Aber die Ursache ist eben dasselbe. Neid und Eifersucht. Er konnte nicht verkraften, dass Gott Abels Opfer annimmt und sein nicht. Gott gibt jedem, was man verdient. Der Abel brachte für Gott den besten Schafbock seiner Herde und der Kain die schlechtesten Früchte seiner Ernte. Wenn er natürlich die schönsten Früchte seiner Ernte mitgebracht hätte, hätte Gott beide Opfer sehr wahrscheinlich angenommen. Denn Gott ist gerecht. So wäre er nicht zum Mörder. Aber dass er die schlechtesten Früchte für Gott gebracht hat, zeigt schon, was für einen schlechten Charakter er hatte.

Am Anfang ist er Opfer seiner Gefühle und Gedanken geworden. Dann das Ego nahm das Steuer und trieb ihn zum Wahnsinn. Am Ende wurde er zum Mörder. So werden andere Menschen und Völker auch zum Mörder.

Der Prophet Mohammed sagte: „der größte Krieg ist der Krieg gegen das Ego und die Begierden des Menschen."[20]

---

[20] Vgl. Hadith Sahih Bukhari.

Wenn die Menschen und Völker ihre Egos und Begierden besiegen, wird das Leben wunderschön sein, da sie dadurch keine bösen Menschen werden können. Ansonsten kann das sein, dass bei kleinsten Börsencrash die Menschen versuchen werden, sich gegenseitig aus dem Seil zu werfen, ohne zu wissen, dass das Seil alle trägt. Es ist die Angst, was der Mensch besiegen muss, damit das Leben zum Paradies wird. Gott sagt ja auch: „Fürchtet nichts außer mir!"

Es ist die Furcht, was die Menschen gegenseitig seit Jahrtausenden umbringen lässt. Irgendwie haben wir noch nicht unsere Angst dressiert. Es gibt Angst vor allen Dingen, obwohl es nur vor Gott Angst geben sollte. Aber irgendwie haben wir auch Angst vor Spinnen oder Mäusen, obwohl sie eigentlich vor uns Angst haben.

Im Krankenhaus lernte ich jemanden kennen, der in Rente gegangen ist, da er Menschenphobie hatte. Das gibt es auch.

Wir haben so viele ängstige Menschen und Mutige gibt es immer weniger. Obwohl der Mut der Schlüssel des Erfolg und Reichtum ist. Natürlich gibt es auch Hochmut. Und das ist der Schlüssel des Misserfolges. Gerade Rassismus macht jeden Rassist zum hochmütigen Menschen, der eher oder später auf der Erde verlieren wird. Denn Gott sagt auch, dass er alle hochmütigen bestrafen wird. Dazu sagte Prophet Mohamed folgende Worte von Allah dem Allmächtigen: „Allah, der Erhabene und Allmächtige spricht: „Macht ist Mein Gewand und Hochmut Mein Mantel. Wer mit Mir in einem dieser beiden wetteifert, der erhält seine Strafe.""[21] Das deutsche Sprichwort „Hochmut kommt vor dem Fall" haben wir schon erwähnt. Aber das ist so wichtig, dass es nicht schadet, dass in diesem Buch dieses Sprichwort zwei Mal erwähnt wird.

3.1 Der erste Weltkrieg

Mein Urgroßvater war in der Zeit Soldat bei den Osmanen. Als Kurde war er in Jemen im Einsatz. Nur die wenigsten konnten wieder aus dem Jemenkrieg nach Hause kommen und er kam als einziger aus seinem Bataillon zu Fuß nach Hause zurück. Auf dem Weg sahen ihn die Araber in der Wüste und hatten ihn festgenommen, da sie vermutet haben, dass er Gold bei sich hätte. Sie haben ihn durchsucht aber leider nicht gefunden. Dann einer hätte gesagt, dass er sein Gold geschluckt hätte. Daraufhin hätte der pfiffigste die Idee seinen Bauch mit Dolch zu öffnen. Ein anderer sah, dass er so gut aussah und zu schade wäre für so einen gutaussehenden Mann wegen ein paar Goldstücke zu sterben. Er hätte dann die Idee, ihn im Stall zu einzusperren, damit er die Goldstücke rausscheißt. Das war für alle die perfekte Idee. Er war einsperrt wie ein Ochse im Stall. Er war auch so stark wie ein Ochse. Das wüssten sie aber nicht. Er machte die Tür kaputt und ging weiter, und zwar nackt. Vielleicht haben sie gedacht, wenn er nackt ist, dass er aus Scham nicht abhaut. Aber für

---

[21] Riyadhus- Salihin, Hadith- Nr. 618, Buch 1 ,Kapitel 72

meinen Urgroßvater war es egal. Er ging weiter in seine Heimat, wo er glücklich lebte.

Er dachte sich bestimmt auch, wozu dieser blöde Krieg ist. Sie lebten ja alle seit 1000 Jahren friedlich zusammen. Dann kam aber das schwarze Gold ins Spiel und die Freundschaft war aus, da die Menschen nicht mehr arm sein wollten.

Die Geschichte zeigt uns, wie die Menschen damals waren. Die Menschen hatten nichts. Sie waren arm und habsüchtig. Die Staaten waren auch so. Die Habsucht und Egoismus kostete 20 Millionen Menschen das Leben. Nur den Hunden bei uns im Dorf am Rande vom Euphrat ging es gut. Den Feind hat man einfach an den Euphrat geworfen und die Hunde kamen mehrere Monate nicht mehr ins Dorf. Es war für ein paar Monate ein hundeloses Dorf. Natürlich die Geier haben auch was bekommen und auch andere Fleischfresser. Die Feinde haben auch Mutter und Vater und welche Eltern verdienen so was?

Im Studentenwohnheim war mein Zimmernachbar auch ein Jemenite. Sie sind sehr gesellige Menschen und ich hörte die ganze Zeit arabisch. Irgendwann wollte ich sie verstehen und lernte jeden Tag arabisch von meinem lieben jemenitischen Nachbar Luai. Seit zehn Jahren kennen wir uns und wir verstehen uns immer noch sehr gut. Es könnte auch sein, dass sein Urgroßvater meinen Urgroßvater mit jemenitischem Dolch umgebrachte hätte. Schließlich haben Sie ja miteinander gekämpft. Und wenn es auch so wäre, wo bleibt dann die Schuld von Luai? Er hat ihn nicht mal gesehen. Und wieso sollten wir ihre Feindschaft weiterführen? Es gab einfach keinen Grund. Liebe und Freundschaft ist viel besser.

Jetzt haben wir Krieg im Jemen und Syrien und so viele Kinder sind in diesen Ländern Waise geworden. Ich helfe dann gerne den Waisenkindern im Jemen und Syrien. Was ich merkte, ist, dass die Monate, wo ich Geld spende, ich dann in diesem Monat keine Geldsorgen hatte. Aber wenn ich nicht gespendet habe, hatte ich in den Monaten Geldnot.

Ich denke, dass die Männer genug Kriege geführt und für Unruhe gesorgt haben. Unser lieber Einstein denkt da ganz anders und sagt: „nach meiner Ansicht sollte man beim nächsten Krieg die patriotischen Frauen an die Front senden statt die Männer. Dies wäre doch einmal etwas Neues auf diesem trostlosen Gebiet unendlicher Verwirrung, und dann – warum sollten solche heroischen Gefühle von seiten des schönen Geschlechtes nicht pittoresker verwendet werden als durch einen Angriff auf einen wehrlosen Zivilisten?[22]

Wenn du auf mich hörst, dann tue so was deiner Eltern nicht an. Zieh nicht in den Krieg. Mach auch keinen Krieg, auch keinen kleinen Krieg mit Familie, Freunden oder Nachbarn. Denn das kann für viele schlimmer sein als die Menschen, die ohne Bein aus dem Krieg nach Hause kommen. Es gibt nichts schöneres als Frieden im Herzen zu haben. Damit dieser Zustand nicht weg geht, soll man wie ein brütendes Huhn vorsichtig sein. Der kleinste Streit mit jemanden kann diesen

---

[22] Alber Einstein, mein Weltbild, Hrsg. Carl Seelig, Verlag Ullstein, Seite 60

Zauber brechen und den Menschen in den Pechbrunnen werfen.

Im Jahr 1914 kam ein zwanzig jähriger serbischer Rassist und Nationalist namens Gavrilo Princip auf die Idee den österreichischen Thronfolger Franz Ferdinand und seine Ehefrau zu töten. Daraufhin haben die Österreicher den Serben den Krieg erklärt und die Deutschen um Hilfe gebeten, wenn was schief geht. Die Deutschen gaben den Österreichern einen Blankoscheck. Also sie waren hinter ihnen, und zwar egal was passiert.

Die Deutschen waren dann schnell im Kriegsrausch und so erklärten Sie erst den Russen den Krieg und dann den Franzosen. Aber sie fangen erst mit Belgien an Krieg zu führen, in der Hoffnung die Franzosen schneller zu besiegen und dann Vollgas das ganze Russland einzunehmen.

Es war auch wie erhofft, bis die Engländer sich auch eingemischt haben. Ansonsten hätten die Deutschen meiner Meinung nach die liebe Mutter Fantine aus dem Buch „die Elenden" von Victor Hugo in Frankreich auferstehen lassen.

Die Deutschen können nun mal im Krieg nicht still bleiben und da die Deutschen im Krieg einen großen Vorliebe haben, die Schiffe mit ihren U-Boots zu versenken, war das bittere Verhängnis Deutschlands, dass Amerikaner sich im Krieg auch beteiligen und Bomben rüber werfen wollten. Kurz nachdem die Amerikaner sich einmischte, beendete der erste Weltkrieg.

Die Deutschen haben eigentlich im Meer gewonnen und auf dem Land verloren. Es ist nicht wenig, wenn man denkt, dass sie insgesamt 6394 Handels- und Passagierschiffe versenkt haben. So viele Schiffe haben die Osmanen, Perser und die Pharaos in 3000 Jahren nicht versenken können. Das zeigt schon, dass Deutschland ein echtes Leistungsland ist.

3.1.1 Grabenkrieg

Das heißt leben im Dreck und Schlamm mit Ratten, Flöhen, Läusen, Mäusen und natürlich mit den Überlebenskünstler Kakerlaken. Somit war sogenannte „Schützengraben" eigentlich Todesgraben, wo die Soldaten sich freiwillig in den Grab des Todes geworfen haben. Die Menschen hatten 4 Jahre lang Krieg geführt, ohne irgendetwas zu erreichen; die Ratten und die anderen Schädlinge feierten jeden Tag ein großes Fest, in dem sie genug Menschenfleisch und -blut finden könnten.

Viele Männer wurden traumatisiert und psychisch krank. Der einzige Platz, der ein wenig Sicherheit gab, waren die Graben und Stollen, die sie selbst gegraben haben. Auch da könnten manche Ohren die Belastung nicht aushalten und so platzten viele Trommelfelle. Die armen Soldaten wurden auf beiden Seiten verstümmelt und in den Tod geschickt. Wenn ein Soldat den Schützengraben verließ, hatte nicht mehr so viele Zeit, wie ein Italiener eine Tasse Espresso trinkt.

Und wenn man aus dem Loch nach Hause kommen könnte, war man entweder psychisch am Ende oder physisch nicht mehr in der Lage in der Gesellschaft etwas Produktives zu leisten.

Abbildung 2: Die Gesichter des ersten Weltkrieges

Hier sind die französischen Soldaten abgebildet, die im Krieg solche schlimmen Verletzungen erlitten haben. Sie sind nur ein Handvoll Menschen. Es gab noch schlimmere Veteranen auf allen Seiten, die sich nicht mehr im Spiegel sehen würden.

In dem Bild kann man auch schnell merken, dass nicht nur allein die französische Sprache eine liebe Sprache ist. Man merkt auch, dass die Franzosen selbst sehr liebe Menschen sind und großes Herz besitzen, da sie einem Soldaten mehr Medaillen geben, je nachdem wie schlimm er entstellt ist.

Hoffentlich merken die Männer endlich, dass es nicht lohnt in den Krieg zu ziehen und Menschen zu töten oder entstellen, die vielleicht ihre Seelenverwandte sein könnten. Man kennt ja den Feind gar nicht.

Während Grabenkrieg andauerte, taten sie alles, um den Krieg zu gewinnen. Man setzte auch zum ersten Mal Giftgas. Die armen Hunde und Pferde müssten unwillkürlich auch Masken tragen, was die Tiere ganz bestimmt nicht gerne getan haben.

Wir haben in diesem und wie in allen anderen Kriegen nur uns selbst wehgetan. Vielleicht werden die nächsten Generationen klug und denken zweimal, bevor sie in den Kampf ziehen wollen.

3.1.2 Schlacht von Gallipoli

Am 28. Juli. 1914 begann der erste Weltkrieg. In der Zeit leistete der deutsche Admiral Wilhelm Souchon aus Bayern gute Dienste beim osmanischen Reich. Ein Monat später ab dritten September war er Flottenkommandant beim osmanischen Reich. 3 Wochen Später haben die Osmanen auf seinen Befehl die Russen bombardiert und somit waren sie sehr willkommen an der Seite der Deutschen beim ersten Weltkrieg. Dank ihm haben meine Vorfahren nichts mehr zu essen und als Schuh freuten sie sich auf den Ochsenkopfleder. Ansonsten waren viele Menschen und darunter auch Kinder barfuß unterwegs.

Mister Souchan war auch so dreist und stolz, was er gemacht hat und schrieb folgende Sätze in sein Tagebuch: „ ich habe die Türken in einen Pulverfass geworfen und den Krieg zwischen Russland und der Türkei entzündet."[23]

Auch bei Gallipoli gab es Grabenkriege und was im Okzident passierte, passierte auch im Orient. Aber nicht so hart natürlich. Die Osmanen gewannen die Schlacht. Die Heeresgruppe Yildirim leitete osmanischer Marschall Otto Liman von Sanders, der in Darmstadt begraben ist und auf seinem Grab „ Sieger von Gallipoli" steht.

Ich lebe seit fast 20 Jahren in Darmstadt und habe ihn noch nie besucht. Deswegen konnte ich nicht weiter schreiben. Ich klappte meinen Laptop zu und fuhr zu ihm. Er ist zwar im alten Friedhof in Darmstadt neben seiner Frau begraben. Aber ihn müsste mal erst finden. Es gab zwar Menschen mit Maske und Maulkorb, die man danach fragen konnte. Aber ich glaubte nicht, dass einer wüsste, wo er ist. Deshalb war ich gezwungen ihn selber zu finden.

---

[23] https://www.spiegel.de/geschichte/schlacht-von-gallipoli-massaker-im-ersten-weltkrieg-a-1022933.html

Nach einer Weile fand ich ihn und als ich mich ihm näherte, spürte ich eine große Kraft in seinem Grab. Mein Herz wühlte auf und ich musste ganz tief einatmen, dass ich außer Atem war. So was erlebt man, wenn man ein Grab besucht, das drin jemand ist, der zumindest gottgefällig gelebt hat oder eine besondere Person ist. Der Mensch lebt eben auch nach dem Tod. Vielleich entsteht ein unsichtbarer Lichtball am Grab einiger Menschen, den man spürt aber nicht sieht. So was gibt es und habe oft erlebt. Aber nur bei bestimmten Gräbern.

Das Gefühl war so schön, dass ich nächste Woche den Herrn Otto Liman von Sanders noch mal besuchen wollte. Ich war zu spät und die Besuchszeit der Toten war zu Ende, obwohl es auch nicht so spät war. Es müsste bestimmt mit Corona zu tun haben. Noch war ich weder alt noch Tod. Ich sprang dann über die Mauer des Friedhofs. Ich ging wieder zu ihm mit der Hoffnung, dass ich wieder diese Gefühle erlebe. Es passierte aber gar nichts. Es war so, als ob ich vor einem Baum stand. Vielleicht war ich diesmal ein unerwünschter Besucher. Aber ich werde ihn trotzdem besuchen, da ich weiß, dass er da irgendwie weiterlebt.

Prophet Mohammed sagte, dass das Grab entweder ein Garten von Paradies wird oder eine Grube von Hölle. Und wenn man sieht, dass es Menschen wie Derek Chauvin gibt, kann man nicht dagegen sprechen.

Otto Liman von Sander war für Deutschen „ Sieger von Gallipoli", für den Feind „Löwe von Gallipoli" und für die Türken ein Marschall und Pascha, den sie vergessen haben, obwohl er den Rücken der Osmanen gestärkt hat. Auch die Deutschen haben ihn vergessen. Die Menschen laufen heute an seinem Grab ohne Beachtung einfach vorbei, da sein Grab sich von anderen überhaupt nicht unterscheidet. Für sein Grab benötigte man nur 4 m² und für den Atatürk 750.000 m², obwohl er Marschall von Atatürk war.

Abbildung 3: Das Grab von Otto Limon von Sander und seiner Frau.

Auf seinem Grabstein steht: „Die Liebe höret nimmer auf."
Wie schön ist es, dass der Mensch glaubt, dass die Liebe
weiterlebt und er denken kann, dass man nach dem Tod
wieder auferstehen wird und in einer anderen Dimension wie
Paradies den Gott sehen und alle Wünsche erfüllt werden
kann, wo alle Menschen nie wieder alt werden und immer
jung und friedlich bleiben. Hoffentlich wird es für beide so
und die Liebe hört wirklich nimmer auf.

Er ist eine sehr besondere und wichtige Persönlichkeit im
Islam und im Christentum. Die Abendländer führten
Kreuzzüge gegen Moslem und die Moslems machten
Dschihad gegen Abendländer. Aber beim letzten Dschihad der
Muslime bei Gallipoli war ein Abendländer ein Marschall und
Pascha gegen die Abendländer und war einer der führenden
Köpfe der osmanischen Armee, die einen Dschihad gegen den
Feind führte.

Wenn Richard Löwenherz und Friedrich I. Barbarossa das
gehört hätten, hätten sie bestimmt in ihren Gräbern Blut
geweint, da beide gnadenlos Muslime geschlachtet hätten,
da laut Papst damals alle Ungläubige waren und als
Kreuzfahrer man ganz leicht eine Freikarte für Paradies
bekommen könnte.

Nachdem Sieg von Otto Liman von Sanders schickte der
Kriegsminister Enver Pasche nach Palästina, um weiter zu
kämpfen, da sie wie auch immer verfeindet waren, obwohl er
die Schlacht gewann. Diesmal geriet er im Jahr 1918 in

britische Gefangenschaft und wurde auf Malte interniert und da schrieb er auch sein Buch „5 Jahre Türkei". Also er war nicht ein Mann, der faul rum sitzt und nichts tut. Auch Gefangenschaft machte er zu seinem Vorteil.

3.1.3 Friedensvertrag von Versailles

Wie immer nach dem Krieg kommt der Frieden. Die Deutschen haben den Krieg verloren und müssten mit Konsequenzen rechnen. Da die Deutschen gerne mit U-Boots spielten und andere Schiffe ja nicht passieren ließen, dürften sie nicht mehr U-Boots bauen und alle Kriegsschiffe müssten sie abgeben. Und da sie auch mit ihren Flugzeugen viel Unheil gestiftet haben, dürften sie auch keine Kampfflugzeuge mehr bauen.

Deutschland verlor deutsches Neuguinea an Australier und viele Insel am pazifischen Ozean an Japaner und alle anderen Länder, die was mitnehmen könnten, nahmen sie mit. Das empörte die Deutschen natürlich sehr und 2. Weltkrieg war nicht mehr so fern.

3.2 Der zweite Weltkrieg

In der Schule hat mich die Geschichte überhaupt nicht interessiert. Und den Geschichtslehrer habe ich auch nicht gemocht. Vielleicht habe ich ihn nicht gemocht, weil er seine Augenbräune zupfte und nie mit den Schülern lachte. Er war auf jeden Fall komisch. Wenn man einen Menschen instinktiv als komisch empfindet, sollte man lieber aus dem Weg gehen. Denn aus so einer Freundschaft wird nur schlimme Geschichte entstehen, die einem das Leben nur schwer machen kann.

Im Studium habe ich mich für Geschichte auch nicht interessiert. Die Stolpersteine habe ich auch nicht gemocht. Wie soll man sich gut fühlen, wenn man darauf tritt und lies, wer da deportiert und umgebracht worden ist. Man fühlt sich einfach schlecht. Wir sind Menschen. Wenn wir sehen, dass eine Schlange auf dem Baum die Küken von einem Vogel frisst, werden wir wütend und traurig. Und wie es bei einem Menschen ist, kann man sich leicht vorstellen. Ich kann nur hoffen, dass so was in der Welt nicht mehr passiert.

Ich weiß das, weil ich im Krankenhaus als Patiententransporteur während des Studiums gearbeitet habe und ich mit so vielen Menschen geredet habe, die den Krieg erlebt haben. Ich habe keinen Menschen getroffen, der froh war, den Krieg erlebt haben.

Ich möchte euch nur die Sachen erzählen, was ich so einiges von deutschen Omas und Opas über den Krieg erfahren habe und hoffe, dass es wenigstens ein kleiner Beitrag für den Frieden in der Welt und in Deutschland wird. Denn der Hass wütet wieder in Deutschland, den man schnell erlöschen muss, bevor es uns allen mitreißt.

„In einer halben Nacht haben die Engländer Darmstadt zerbombt", sagte mir die alte Dame, die immer noch strahlende Augen hatte. Ihre Augen strahlten tiefsinnig und ganz anders, als sie mir von dieser Nacht erzählte. Sie sagte, dass Sie das Glück hatte, den Krieg zu überleben. Aber ihren Mann hätte sie schon lange verloren. Sie sagte gelassen: „bei uns leben Männer nicht lange". Ich gab zu Antwort: „bestimmt wegen der deutschen Frauen!" Sie lachte dann so schön, als ob sie diese schreckliche Nacht gar nicht erlebt hat.

In dieser Nacht haben sich viele Menschen in Darmstadt im Keller versteckt und auch da durch Bomben erstickt. Die Menschen, die raus wagten, sind auf dem Asphalt verbrannt. Denn die Royal Air Force hat nichts stehen gelassen. Den Grund erfuhr ich vom Erwin, der inzwischen 92 Jahre alt ist. Er war noch fit im Kopf. Er sagte mir, dass in Darmstadt V1 Waffen, also die Vergeltungswaffen hergestellt wurden und die Engländer hätten Angst und haben eben alles zerstört.

Erwin war auch wie alle anderen Opas und Omas froh, dass sie den Krieg verloren hatten. Denn viele wüssten, wohin die Reise geht. Aber vor Angst könnten sie nicht reden.

Eine andere Omi verfluchte den Hitler, da sie ihren Verlobten verloren hat und er dran schuld sei. Sie meinte, dass es damals nicht so wie heute sei. Man hätte sich höchstens in der Küche treffen können. Er hätte sie besucht und sie hätten sich in der Küche getroffen und geredet. Sie war immer noch traurig, auch nach 70 Jahren. Sie hofft ihn nach dem Tod zu treffen. Wir Menschen sind einfach einzigartig. Nur der Mensch hofft nach dem Tod sich wieder zu treffen und behandelt ihre Toten mit Liebe und Respekt, baut für ihn ein Haus, wo er wohnt und Besuch empfangen kann.

Viele glauben heute, dass nach dem Tod alles vorbei ist, aber die Energie geht nicht verloren. Wir gehen auch nicht verloren. Wir verwandeln uns einfach wie Wasser unseren Zustand.

Der Hitler tat alles, um den Krieg zu gewinnen. Ich lernte einen alten deutschen aus Ungern, der im zweiten Welt Krieg aus Ungarn rekrutiert ist. Er meinte, dass er nach Deutschland zum Arbeiten kam und in den Krieg ziehen müsste. Er hätte die Wahl, entweder in den Krieg ziehen oder den Tod willkommen zu heißen.

Ach ja, was waren mit den deutschen Kindern. Man hat Mitleid mit den Kindern der Juden. Aber was waren mit den deutschen Kindern. Sie waren genauso unschuldig und genauso wertvoll wie die jüdischen und alle anderen Kinder. Die Omas erzählten mir, dass die Mütter nachts ihre Kinder anlogen, indem sie die Kinder trösteten und sagten, dass das Brot schläft, wenn die Kinder vor Hunger nach Brot schreiten. Was für ein Elend und Trauer ist es, wenn jeder nur 150 Gramm Brot am Tag essen dürfte. Ja die deutschen Mütter sagten ihren Kindern: „Das Brot schläft schon"!

Viele Frauen wurden von den Russen vergewaltigt. Viele Frauen haben sich das Leben genommen. Das Leid der Frauen und Kinder im zweiten Weltkrieg kann man nicht messen. Wenn eine Frau Pech hatte, hätte sie an ihrem fruchtbarsten Tagen von mehreren Russen vergewaltigt und schwanger geworden. Viele haben ihr Augenlicht verloren. Ihre Augen strahlten nicht mehr so schön wie früher, erzählten mir unsere alten Damen im Krankenhaus.

Ich denke, das reicht für den zweiten Weltkrieg. Dieses Kapitel würde ich gerne mit der Geschichte von Maria abschließen. Es ist eine zierliche Frau, die Niemanden wehtun kann und so viel Leid erlebt hat, ohne dass sie die geringste Schuld dran hat.

Maria

Ich bin die Maria von Darmstadt. Wir sagen den Kindern seit Wochen "Das Brot schläft schon". So kann man am besten die Kinder trösten. Jeder kriegt nur 150 Gramm Brot pro Tag. Wir müssen die Kinder anlügen. Es ist ok. Wenn die Kinder schlafen, dann tröste ich mich mit Maria .Ich mach meine Augen zu und denke, dass sie bei mir ist und meine Brust füllt schon mit etwas auf, was ich nicht beschreiben kann.

Gestern war Weihnachten. Ich denke es war das schlimmste Weihnachten. Wir haben zum ersten eine Dachkatze gegessen. Unsere liebe Nachbarin ist schon achtzig und kennt schon unser Elend. Sie hat mich und meine drei Kinder am Weihnachten zum Essen eingeladen. Die Kinder haben sich wahnsinnig gefreut. Ich kann mich leider nicht freuen, da ich nicht weiß, ob mein Mann vom Krieg je wieder kommt.

Während wir aßen, hat mich die Nachbarin angelächelt und mich gefragt: "Wisst ihr, was ihr da esst"? Ich gab einfach zu Antwort: „Hase".

-Ja, das stimmt. Aber es ist unser Dachhase. Ich kann ihn nicht mehr ernähren. Ich kann nicht mal mich ernähren. Bevor er von alleine stirbt, hab ich mir gedacht, dass wir daraus ein Festmahl machen.

Die Nachbarin fragte dann die Kinder: „Wie hat es euch geschmeckt? Kann ich gut kochen?"

Die Kinder waren so glücklich und bejahten alle zusammen.

Das machte mich so glücklich, dass ich meinen Mann, meine Sorgen und das Ekelgefühl vergaß und die Katze weiter aß.

3.2.1 Holocaust

Der Holocaust ist zwar vorbei aber der Holocaust der Seelen dauert immer noch an, was unbemerkt weiter lebt. Jeder soll deswegen wissen, was sein Holocaust zurzeit ist. Aber wir wollen über den wahren Holocaust sprechen, der zahllosen Menschen in den Tod genommen hat, ohne zu schauen, ob dieser Mensch noch ein Kind, schwanger oder ein alter Mensch ist. Jeder, der nicht mehr überlebensfähig oder für sie nicht mehr rentabel war, müsste in den Tod.

Ende 1920 gab es in Deutschland große Wirtschaftskrise und

Inflation. Die Juden waren die Ziegenböcke, die als Sündopfer in die Wüste geschickt werden müssten. Nachdem die Nazis an die Macht kamen und die Gehirne des Volkes gewaschen sind, brachte im Land die Gewalt aus.

Die Kinder und alten waren wertlos und müssten sofort exekutiert werden. Dieses Leiden kann ein Mensch sich nicht vorstellen. Das ist nicht das erste Mal, das so was in der Welt passiert, aber es kann hoffentlich das letzte Mal sein, dass der Hass der Menschen so groß wird, dass sie vergessen, dass sie doch auch ein Herz haben.

Aber es ist nie zu spät und man hat eigentlich immer Kraft. Als ich im Krankenhaus die ganz alten deutschen Patienten aus ihren Zimmern zu den Untersuchungen bringen müsste, erwähnte ich das Wort Pünktlichkeit. Dann waren sie schneller als die Jugendlichen. Das Wort Pünktlichkeit funktionierte bei Deutschen wie Wunder. Und ich weiß auch, dass das deutsche Volk die Kraft dazu hat, dass so was wie Holocaust in der Welt nie wieder passiert.

 Es gab auch viele Patienten, die auch mal zeitweise Nazis waren und haben anders gedacht. Aber wenn man so alt geworden ist, werden andere Sachen wichtiger und man sieht eben mit dem Herzen ferner, auch wenn es mit den Augen nicht immer klappt.

Vielleicht hatten manche zugesehen, wie die Menschen in den Gaskammern, Krematorien, Verbrennungsgruben etc. starben. Aber mit dem Auge des Herzens könnten sie nicht mehr hinschauen, nachdem die schrecklichen Tage vorbei waren und die Ruhe eingekehrt ist.

Viele alte Menschen sagten wir, dass sie lieber anders gelebt hätten. Für viele war es zu spät. Aber für den Heinrich Ruhemann, der inzwischen 92 Jahre alt ist und bei allen Demos mitmacht, ist nie zu spät. Er genießt das Leben nach seiner Weise. Mit 85 müsste er ins Krankenhaus. Er sagte, dass er wusste, dass er bald sterben werde. Er nahm aber seinen Rollertor und fuhr mit ihm durch die Gegend, bis sein Kreislauf wieder in Takt kam. So entkam er dem Tod und lebt nach 7 Jahren immer noch.

Ich lud ihm einmal zu mir nach Hause ein. Ich wollte für ihn kochen. Ich habe viel zu viel gekocht. Ich war so dumm. Ich wusste nicht, dass die Ältere Menschen nicht mehr so viel zum Essen brauchen. Er sagte: „ich bin mittlerweile so alt, dass ich nicht mehr so viel Essen brauche." Ich konnte auch nicht so viel Essen.

Ich besuchte ihn auch, wo er wohnte. Er wohnte in einem kleinen Zimmer im Altersheim. Er hatte auch für mich was Kleines gekocht. Mit Messer schnitt er waagrecht das Brötchen und fragte mich: „Wiege oder Bett?"

Ich nahm dann die Wiege und fragte den alten Mann um seinen Segen, damit ich wieder wie kleines Baby in der Wiege friedlich schlafen und sein kann.

3.2.2 Die neue Heimat

Als ich 14 Jahre alt war, traf ich zum ersten Mal ein Jude. Er hieß Joseph aber wir sagten ihm einfach Jussi. Er kam immer mit seiner Frau bei uns Pullover zu kaufen, die er später an die Palästinenser und Ägypter verkaufte.

Er beschwerte sich wegen seiner Zuckerkrankheit und ich sagte ihm, dass er kurz warten solle, damit ich ihm schnell das Heilmittel vom Kupferschmied-Basar bringe, wo auch Vielerlei alle Gewürze und Heilkräuter verkauft werden.

Er nickte mit dem Kopf und ich ging in den Basar, um das Heilkraut zu finden, damit er nicht mehr unter Zuckerkrankheit leidet. In dem Alter wusste ich nicht viel über Krankheiten und interessierte mich eigentlich nur für Straßenhunde, Kanarienvogel und für die Ayca, die mich Gott sei Dank nie geliebt hat.

Ich denke, wenn Gott alle Gebete und Wünsche der Menschen erfüllen würde, wäre der Mensch nur noch unglücklich. Es ist ein großer Segen, dass Gott uns ab und zu Nein sagt.

In dem Basar, wo die Kupferstecher arbeiteten und das Grab von Prophet Josua befand, der als Nachfolger Moses die Juden in das gelobte Land führte, ging ich gerne spazieren. Ich mochte auch den Prophet Josua zu besuchen. Bevor ich rein ging, zog ich meine Schuhe aus und eine kleine Treppe führte mich nach unten zu ihm und da saß und betete ich, obwohl ich immer noch nicht weiß, wie man wirklich und wahrhaftig beten kann. Vielleicht müsste ich Kupferstecher sein, damit ich lernen kann, wie man betet, da sie ja sich enorm auf eine

Sache konzentrieren können, damit diese schönen Muster am Kupfer überhaupt entstehen. Wie fast alle Berufe, hat Kupferstechen natürlich auch Nachteile. Charles Darwin, der die Menschen und Affen sehr unter die Lupe genommen hat, sagt: „es ist eine allgemein bekannte Tatsache, dass Uhrmacher und Kupferstecher sehr leicht kurzsichtig werden, während Leute, die viel im Freien leben, und besonders Wilde meist weitsichtig sind. Kurzsichtigkeit und Weitsichtigkeit neigen sicher zur Vererbung." [24]

Da ich ja mit 14 Jahren noch recht gut sehen konnte, fand ich schnell nach einer kurzen Weile das Heilkraut für die Zuckerkrankheit, die jetzt überall in der Welt eine Volkskrankheit ist, da Zucker überall versteckt und schlecht verarbeitet ist. „Dosis macht das Gift" darf man natürlich auch nicht vergessen.

Die Lösung für die Zuckerkrankheit war die grünen Wallnussschale, die unter der Sonne getrocknet sind. Ich kaufte eine halbe Tüte für Jussi, die sie gerne nach Israel exportieren dürfte.

Als ich ihm die Tüte mit den Wallnussschalen gab, gab es auch eine große Freude in seinen Augen, auch wenn er nicht dran glaubte, dass er damit geheilt werde. Er hoffte sich wahrscheinlich, dass die Juden und Araber sich gegenüber so wie dieses Kind verhalten würden, was heute nicht der Fall ist. Die Liebe und das Gebet dürften in den heiligen Plätzen

---

[24] Charles Darwin, die Abstammung des Menschen und die geschlechtliche Zuchtwahl, Verlag e-artnow, S. 64

nicht fehlen. Aber heute sieht man in Israel und Palästina traurige Bilder, die wir nicht mehr sehen wollen. Hoffentlich können die Nachkommen der Kinder Abrahams von Isaaks und Ismael nicht mehr die Köpfe einschlagen. Ich kann mir nicht vorstellen, was wäre, wenn die Ehefrau Sara und ihre ägyptische Magd Hager dem Prophet Abraham aus Ur mehrere Söhne geboren hätten.

Nachdem Jussi und seine Frau bei uns eingekauft haben, wollte seine Frau ihre damaligen Judenviertel in Gaziantep sehen, wo sie zur Welt kam. Mein Bruder ging mit Jussi und seiner Frau zu ihrer alten Wohnung. Nostalgie wird eben nie alt und da wo man geboren und aufgewachsen ist, ist immer anziehend und magisch.

Mein Bruder erzählte mir, dass Jussis Frau unbedingt ihr altes Haus besichtigen wollte. Sie baten bei der neuen Hausherrin um Erlaubnis, um rein zu kommen. Sie wäre ganz freundlich und hätte sie rein gelassen. Als sie reinkam und den Hof betrat, bräche sie in Tränen aus.

Dieses Volk wurde überall in der Welt verhasst und vertrieben und eigentlich müssten sie verstehen, dass die Würde des Menschen unantastbar sein sollten, da sie ja darunter sehr gelitten haben. Sie könnten sich für Frieden in der Welt einsetzen und einen großen Beitrag in der Welt leisten, dass kein Kind mehr unter den Folgen des Krieges stirbt, da sie eine große Geschichte haben und leiden müssten.

Alle Kinder haben den gleichen Gott und die gleiche Religion und man soll sich vor ihnen in Acht nehmen. Man kann sein

Leben schnell verderben und sich ins Unglück stürzen, wenn man den Kindern das Lachen nimmt. Kinder lachen 400-mal am Tag. Man sieht, wie sehr Gott die Kinder liebt und die Engel mit ihnen spielen. Und wenn man diese Zeit ihnen verdirbt, werden ihre Freunde im Himmel was unternehmen. Es kann dann ein Fluch von einem Engel sein, was das Leben eines Menschen auf den Kopf stellt.

4 Der Frieden und das Glück

In der Schule erfahren viele Kinder das Unglück, da sie schon im Kindesalter gemobbt, erniedrigt und sogar geschlagen werden. Es scheint, dass die brutale Seite des Menschen auch im Kindesalter existiert und dressiert werden muss. Deswegen muss in der jeder Schule in der Welt Friedenslehre eingeführt werden, damit die Kinder später darunter nicht leiden und sich gesund entwickeln können. Viele Kinder können später keine gesunde Beziehung führen, da sie die Friedenslehre weder von Eltern noch von der Schule gelernt haben, da es sowas noch nicht gibt. Aber es ist wichtiger als Mathe, Deutsch oder Englisch. Viele finden sich im Leben auch zurecht und haben Erfolg, auch wenn sie in Mathe oder in Deutsch sehr schlecht ist.

Vielleicht hätte Derek Chauvin so was nicht begangen, wenn er in der Schule und von Eltern die Friedenslehre genossen hätte. Jetzt kann ihm das alles, was er in der Schule gelernt hat, nichts bringen.

Der Frieden und das Glück sind Geschwister. Ohne Frieden ist kein Glück und ohne Glück kein Frieden. Sie treten oft gemeinsam auf. Das kann man eigentlich von der Physik ableiten.

1. Die Kraft :

Kraft = Masse x Beschleunigung. Und das wiederum hat die Einheiten Newton.

$$1kg \times 1 \ m/s^2 = 1 \ Newton = 1N$$

2. Arbeit :

Arbeit = Kraft x Weg. Und das beschreibt man mit Joule

$$1N \times 1m = 1 \ Joule = 1J$$

3. Leistung :

Leistung = Arbeit / Zeit, also Arbeit pro Zeit und das verkauft man mit Watt.

$$1 \ Nm / 1s = 1J / 1s = 1 \ Watt = 1 \ W$$

Jetzt können wir unser Zauberwort definieren:

Ohne Kraft gibt es keine Arbeit, ohne Arbeit gibt es keine Leistung und ohne Leistung gibt es weder Frieden noch Glück. Dieses Prinzip gilt für alles, auch für die mystische Seite des Lebens.

Prophet Mohammed sagte, dass das beste Fasten und Beten das Fasten und Beten von Prophet David war. Er schlief die Hälfte der Nacht und dann stand er auf und betete bis zur ein Sechstel der Nacht und die letzten ein Sechstel schlief er wieder. Und sein fasten war iterativ. Er fastete ein Tag und am nächsten Tag machte er eine Pause und dann fastete wieder.

Und man weiß, was für ein Glück er hatte. Er hatte sowohl materielles als auch spirituelles Glück. Und sein Rand war sowohl in der Welt als auch im Himmel sehr groß.

Wäre er faul oder hätte er seine Kraft nicht eingesetzt, dann hätte Gott ihm all diese schönen Sachen gar nicht gegeben, denke ich.

Wir haben heute eine andere Welt und an jedem Tag können wir z.B. Erdbeere essen. Was wir im Sommer haben, können wie auch im Winter haben, was unseren Vorfahren entbehrt war. Sind wir dadurch glücklicher geworden? Wenn so wäre, müsste jeder in Deutschland glücklich sein. Wer sind wir denn, dass Gott uns alle aus der ganzen Welt versorgt. Es gibt nichts, was in der Welt wächst und nicht in Deutschland ungreifbar ist. Wir müssten so dankbar sein. Es gibt jetzt mindestens 1000 fache am Lebensmittel für den billigen Preis, was vor hundert Jahren unvorstellbar oder nur im Paradies existieren könnte. Dennoch sehen viele dieses Glück nicht und sind undankbar und unglücklich und machen andere traurig. Und alle 52 Minuten nimmt sich jemand das Leben. Das hat viele Ursache. Aber man kann das alles analysieren und versuchen in der Friedenslehre in der Schule aus der Welt zu schaffen. Ich denke, dass einige sich das Leben nehmen, weil die Schule für Sie kein Lern- und Spielfeld ist, sondern ein Schlachtfeld.

Ich hatte das Glück bis Rauf unsere Schule verlassen hat. Der Rauf wohnte im Waisenhaus. Das Haus war außerhalb der Stadt und sie müssten mit Schultransporter in die Schule kommen. Jeder hatte Angst vor Rauf und natürlich auch vor seinem schwachen Bruder. Dass Rauf so stark und skrupellos war, genossen ich und sein Bruder sehr.

Einmal war er hinter den Schulmauer spielen und ich hörte seine Stimme und zwei Jungs wollten mich schlagen. Ich schrie so laut: „Rauf"! Er sprang sofort über den Schulmauer und die beiden, die mich schlagen wollten, waren so blass und rannten um ihr Leben. Einer floh sofort in den Kiosk und der andere in die Buchhandlung. Und ich schrie diesmal: „Komm doch raus ihr Arschlöcher"! Dann ging der Rauf in die Buchhandlung und schlug einen dort. Und der andere hatte eben Glück und konnte nach Hause fliehen.

Der Rauf hatte die beste Erziehung im Waisenhaus. Wenn er da war, gab es auch Frieden für uns.

Der Mensch wird eigentlich glücklich, wenn man sich mit friedlichen Menschen befreundet. Der Rauf ist eine Ausnahme und er war eben ganz anders. Er redete fast nichts, machte kein Spaß und tat niemanden weh, solange man nicht ungerecht wird. Im Normalfall, wenn jemand nicht friedlich ist und man sich trotzdem mit diesem Menschen befreundet, krieg man eher oder später einen Schaden. Wenn man Pech hat leidet man Lebenslang. Manche Freundschaften enden auch mal tödlich, da einer den anderen durch bloßes Schwatzen Krebs macht oder eine andere Krankheit verpasst. Deswegen für das Glück ist es wichtig, mit wem man sich befreundet und mit welchen Menschen man sich umgibt. Es ist wie ein kaltes Tropfen Wasser, das in einen heißen Kessel geschüttet wird. Der Tropfen wird auch heiß. Man wird wie seine Freunde. Es gibt ein arabisches Sprichwort, das besagt:" Und weilst du bei einem Volke 40 Tage, so sei einer von ihnen oder wandere weiter"! Aber das Sprichwort ist älter als den Islam. Und heute kann das Sprichwort nicht überall gelten. Aber wir neigen dazu Charakterzüge anderer Menschen zu übernehmen, mit dem wir uns befreunden. Das gilt bei Tieren genauso.

Der römische Philosoph Senaca warnt uns auch und sagt, dass der Umgang mit vielen Menschen verderblich ist. Er schrieb: „verderblich ist der Umgang mit vielen: jeder drängt uns irgendeinen Fehler durch Worte auf oder vertraut ihn uns an oder hängt ihn uns an, die wir nicht Bescheid wissen."[25]

Noch verderblicher ist es für einen Mann oder eine Frau, wenn sie sich mit jemandem vereinen, die in einem Hause aufgewachsen ist, wo Streit an der Tagesordnung ist und Gott und Menschlichkeit in der Familie keine Rolle gespielt hat.

---

[25] https://www.lateinheft.de/seneca/seneca-epistulae-morales-epistula-7-ubersetzung/

Man sagt auch nicht umsonst, dass hinter jedem erfolgreichen Mann eine starke Frau steht. Und ein Mann wird eben nicht erfolgreich, wenn die Frau zu Hause die ganze nörgelt und streitet, weil sie zu Hause so gesehen und gelernt hat und nicht anders kennt.

An einem Abend war ich draußen mit meiner Mutter telefonieren. Ich sah einen Mann, der nicht so gut laufen könnte und weinte. Ich legte das Gespräch auf und ging zu diesem Mann und fragte, was er hatte. Ich weiß nicht warum, aber er vertraute mir und wir gingen so langsam auf der Straße. Er sagte, dass seine Frau ihn verlassen und aus der Wohnung geschmissen hat. Wir redeten eine Weile und er vertraute mir an, warum sie es tat. Er hätte Hodenkrebs und sie müssten entfernt werden. Nach der Op. ging er nach Hause und sie sah ihn von unten an und hätte gesagt, dass sie mit so einem Mann nicht zusammenleben könne. Kurz später müsste er das Haus verlassen. Also den Gott und die Menschlichkeit merkt man ihr gar nicht.

Eine Holländerin verliebte sich in einen deutschen Musiker und sie imitierte nach Deutschland und machte mit ihm drei Kinder. Dann war sie ein wenig dick und nicht mehr so schön und jung. Er verließ sie mit drei Kindern und hätte sich eine schöne jüngere Frau ausgesucht und sie natürlich mit drei Kindern verlassen. Sie sagte mir, dass man die Finger von Musikern lassen solle. Sie müsste hart arbeiten und all die Kinder alleine versorgen.

Wer glaubt, weiß, dass Allversorger nur Gott ist und nur Er reich und arm machen kann. In Notsituation verlässt man sich auf Gott und so kann man glücklich sein, auch wenn die Kasse leer ist, da man weißt, dass Gott niemanden im Stich lässt.

Wir haben auch die Superpower „das Herz". Auf ihn ist auch Verlass! Das Herz weiß mehr als wir mit Worten und Gedanken definieren können. Man kann sich auf sein Herz verlassen und so wird man glücklich, wenn man sich vom Herzen leiten lässt. So kann man schneller wissen, ob jemand gut oder schlecht für jemanden ist.

Eigentlich wird man laut Bibel und Koran nur glücklich, wenn man die Anweisungen Gottes befolgt und seine Gebote und Verbote einhält. Wir können hierzu die letzten Worte von Prophet David für seinen Sohn Salomo aus der Bibel ins Herz nehmen.

David letzte Anweisung an Salomo und sein Tod :

Als David merkte, dass er bald sterben würde, gab er seinem Sohn Salomo noch einige Anweisungen mit auf den Weg. „Ich weiß, dass ich bald sterben würde. Jetzt musst du deinen Mann stehen. Sei stark mein Sohn! Richte dein ganzes Leben nach dem Herrn, deinen Gott, aus, und lebe, wie es ihm gefällt! Befolge das Gesetzt Gottes, achte auf jedes Wort, jeden Befehl und jede Weisung, die im Gesetzbuch des Mose aufgeschrieben sind. Dann wird dir alles, was du unternimmst gelingen; wohin du auch gehst – der Erfolg ist dir sicher! [26]

Manche Menschen denken, dass es keine andere Kraft gibt außer was sie sehen. Ist es aber nicht. Viele gehen fremd

---

[26] Bibel(Hoffung für alle),1. Könige 2

ohne zu wissen, was die Konsequenzen sind. Schon seit Pharaonenzeiten ist es bekannt, was es passiert, wenn man zum Beispiel fremdgeht. Eine altägyptische Weisheit besagt: „Wenn du mit der Frau eines anderen im Bett schläfst, wird ein anderer mit deiner Frau auf dem Boden schlafen."

Man hat schon im alten Ägypten beobachtet, was es mit Menschen passiert, die nicht gottgefällig leben. Wenn man das Leben anderer Menschen hinschaut, wird man einem auch schnell klar, dass Prophet David mit seinem Rat an seinem Sohn auch Recht hat. Wer das Unglücklich vermeiden will, sollte den Rat von Prophet David folgen. So werden sie auf jeden Fall erfolgreich und glücklich sein. Denn es kommt nicht vor, dass die Propheten lügen.

Der erst Mensch war auch ein Prophet und trug in sich viele Geheimnisse, die jeder Mensch auch haben kann, wenn man sich darum bemüht und interessiert.

In der Bibel steht:

Da nahm Gott Erde, formte daraus den Menschen und blies ihm den Lebensatem in die Nase. So wurde der Mensch lebendig.[27]

Im Koran steht:

Und als dein Herr zu den Engeln sprach: „ Seht, ich erschaffe einen Menschen aus trockenem Lehm, aus formbarem Schlamm. Und wenn ich ihn gebildet und ihm von meinem

---

[27] Bibel (Hoffnung für alle), 1. Mose 2,7

Geist eingehaucht habe, dann werft euch vor ihm nieder!" Da warfen sich alle Engel insgesamt nieder, außer Iblis[28]; der wollte sich nicht niederwerfen.[29]

Diese Ehre haben nicht mal die größten Erzengel wie Gabriel oder Michail bekommen.

Vielleicht liegt das Geheimnis des Glücks in dem Atem Gottes, was er uns gegeben hat. Wenn die Luft stickig und unrein ist, dann fühlt man sich schlecht. Und wie kann man glücklich sein, wenn dieses Teil, was Gott uns eingehaucht hat, von uns vernachlässigt wird.

Man kann auch sagen, dass das Glück in der Erkenntnis Gottes liegt. Je mehr man Gott erkennt, desto mehr verliebt man sich in Gott und lebt nach diesen Erkenntnissen. Man wird auch dementsprechend glücklicher. Man erfährt z.B., dass Gott vergebend ist und liebt zu vergeben. Und wenn man auch so sein will, dann wird man glücklich. Man vergibt und so wird die negative Spannung entladen, wenn man wirklich vergeben hat. Dann ist man frei, da man nicht mehr Sklave seiner eigenen Gefühle ist.

So wie Martin Luther den Teufel als Tausendkünstler deklariert und ihn wie eine listige Schlange sieht, sollten wir vor Teufel auf der Hut sein. Am meisten wenn man verheiratet ist. Denn wenn die verheirateten Sex miteinander haben, gefällt dem Teufel nicht. Aber wenn sie unverheiratet Sex haben und Kinder zeugen. Das gefällt dem Teufel.

---

[28] Iblis ist ein Name von Teufel auf arabisch
[29] Koran, Max Henning, Sure 15 Vers 28-31

Deswegen halten viele Ehen nicht, da es so dem Teufel oder wie der Martin Luther sagt, dem Tausendkünstler gefällt und der Mensch außerhalb der Schutzzone Gottes lebt.

Im Koran sagt der Gott dem Teufel: „über meine Diener hast du gewiss keine Gewalt!"[30] Und der Teufel bestätigt das auch und sagt dem Gott: „Mein Herr! Du hast mich abirren lassen; so will ich jetzt auf Erden (das Böse) anziehend machen und sie allesamt verführen, außer Deinen auserwählten Diener unter Ihnen. Er sprach: „(Auch) das ist für mich zum Ziel führender (gerader) Weg. Siehe, dir ist keine Macht über Meine Diener gegeben, außer über die Verführten, die dir folgen.""[31]

Das Ego ist der beste Freund des Teufels und somit ist er auch ein Tausendkünstler. Das Ego will wie der Teufel uns jedes Mal täuschen und sagt oft: „Ach nur noch ein letztes Mal. Dann mache ich es nie wieder." So enden schon bald die Jugend und vielleicht auch das Leben, ohne dass „ach nur noch ein letztes Mal" ein Ende findet. Wenn man etwas tut, was dem Ego gefällig ist, tut man nur noch etwas schlechtes gegen sich selbst, da das primitive Ego nur mit Bosheit glücklich wird und sie den Menschen ins Verderben bringt.

Bibel und Koran sind zwei Quellen, wo wir Weisheit über Glück schöpfen können. Die Geschichte von Joseph ist dafür einzigartig. Wir denken, dass die Brüder die eigentlichen Verursacher sind, dass er in Ägypten als Sklave leben und

---

[30] Koran, Max Henning, Sure 17 Vers 65
[31] Koran, Max Henning, Sure 15 Vers 39-42

wegen der Liebe des Potiphars Frau Zulaikha in den Kerker geworfen musste. Aber er hatte eine andere Sicht, obwohl er selber von seinen eigenen Brüdern in den Brunnen geworfen wurde, damit er qualvoll stirbt; später merkten sie aber, dass er doch den Sturz überlebt hat und so verkauften sie ihn für 20 Silberstücke, da sie ja von seinem Tod nichts hatten.

Er hat all diese körperlichen und seelischen Schmerzen erlebt und trotzdem hat er seine Brüder nicht bestraft und auch nicht beschuldigt. Er war sehr weitsichtig und sah, was all die anderen nicht sah. Als die armen Brüder vor dem mächtigsten Mann von Ägypten standen und erfuhren, dass er der Joseph war, den sie umbringen wollten, waren sie fassungslos und fürchteten sich.

Joseph sagte: „Ich bin euer Bruder Joseph, den ihr nach Ägypten verkauft hat. Aber ihr braucht euch nicht zu fürchten. Macht euch keine Vorwürfe, dass ihr mich hierher verkauft hat, denn Gott wollte es so! Er hat mich voraus geschickt, um euch zu retten. Schon seit zwei Jahren hungern die Menschen, und auch in den nächsten fünf Jahren wird man kein Feld bestellen und keine Ernte einbringen können. Gott hat mich vorausgesandt, damit ihr mir euren Familien überlebt. Nur so kann ein großes Volk aus euren Nachkommen entstehen. Nicht ihr habt mich hierher geschickt, sondern Gott."[32]

Das Thema scheint, sehr schwer zu verstehen. Ich schrieb bezüglich dieses Bibelverses viele Theologieprofessoren um

---

[32] Bibel (Hoffnung für alle), 1. Mose 45 Vers 4,5, fff

Hilfe, damit ich verstehen kann, warum Prophet Joseph die Schuld nicht bei seinen Brüdern sieht. Es gab aber keine Antwort. Eine Antwort kam von Imam und er gab das Beispiel „Gehen". Ich hätte die Absicht hierher zu kommen und Gott hätte mich dahin gebracht. Wenn man das versteht, dann werden viele Menschen erleichtert und auch glücklicher. Im Koran steht: „(es sei,) was Allah will; es gibt keine Kraft außer durch Allah."[33]

In der Bibel steht:

Der Herr macht reich und arm;
er erniedrigt und erhöht.[34]

Man kann natürlich auch denken, dass Prophet Joseph ihre Brüder nur verziehen hat, weil er jetzt im Palast mit so vielen Diener lebte und ihm so gut ging. Aber auch im Gefängnis beschuldigte er seine Brüder nicht. Ihm war klar, dass wenn Gott gewollt hätte, dass sein Vater seine Schreie gehört und ihn gerettet hätte. Es gibt in der Welt eine Bestimmung, die Gott vorgesehen hat und passieren muss, wenn die Zeit sie ruft.

Vielleicht hilft die Geschichte über Moses von Imam Ghazali, damit wir diese Verse in der Bibel mit Joseph und seinen Brüdern verstehen können, warum Joseph seine Brüder nicht beschuldigte (-somit ohne psychische Probleme sein Leben fortsetzen konnte) und alles so in der Welt passiert.

---

[33] Koran, F. Bubenheim und Dr. Nadeem Elyas, Sure 18 Vers 39
[34] Bibel, 1. Samuel 2:7

Die Geschichte: Die geheime Gerechtigkeit der Erhabenen Gottes

Moses stieg auf den Berg Sinai und redete mit Gott und ein Mal wollte er wissen, wie die Gerechtigkeit Gottes auf der Erde stattfindet. Er betete: „mein Gott! Zeig mir, wie Du die Gerechtigkeit deiner Diener ausübst. „Oh Moses, du bist doch ein Mensch, der ungestüm, mutig und hastig ist. Du vermagst nicht auszuharren!", sprach Gott.

„Mit deiner besonderen Hilfe werde ich geduldig sein", antwortete Moses. Daraufhin gebot Gott: „dann geh an diesen Brunnen an dem Ort und versteck dich, wo du diesen Platz sehen wirst. Und schau auf meine Macht und auf das Geheimnis meines verborgenen Wissens."

Moses stieg auf ein Hügelchen und versteckte sich, wo er das Geschehen am Brunnen beobachtete. Dann kam ein Reiter und stieg von seinem Pferd ab. Er wusch sich und trank Wasser. Sein Geldbeutel zog er heraus und legte auf die Seite, wo drin tausend Dinar gab. Er betete da und stieg wieder schnell auf sein Pferd. Er ritt fort, indem er sein Geldbeutel da vergaß.

Nach dem Reiter kam ein kleiner Junge, trank da auch Wasser und sah den Geldbeutel. Dann nahm er den Geldbeutel und ging davon. Nachdem der Junge mit dem Geldbeutel gegangen ist, kam da ein alter blinder Mann. Er trank Wasser, wusch sich und betete. Als der Reiter merkte, dass er seinen Geldbeutel da vergessen hat, kam wieder zurück und sah da den alten Mann. Er packte ihn an seinen Kragen und sagte ihm: „gib mir mein Geldbeutel wieder zurück. Vorhin habe ich hier mein Geldbeutel vergessen und außer dir könnte hier niemand gewesen sein."

Der alte blinde Mann sagte: „schau mich mal an. Ich bin ein alter blinder Mann. Wie kann ich dein Geldbeutel gesehen haben?" Der Reiter glaubte nicht an den alten Mann und war sehr wütend. Er zog sein Schwert und brachte den alten Mann um. Dann durchsuchte er den alten Mann nach seinem Geldbeutel und fand aber gar nichts. Danach stieg wieder auf sein Pferd und machte sich wieder auf seinen Weg.

Prophet Moses konnte nicht mehr aushalten und sprach zu Gott: „oh mein Herr! Ich habe keine Geduld mehr. Ich weiß, dass du der Gerechteste bist. „Was ist das Geheimnis hinter dieser Sache?", fragte Moses den Gott." Da kam der Engel Gabriel und sagte: „Oh Moses! Gott gebietet so: „ich bin der Gott, der alles weiß, was du nicht weiß und alles, was verborgen ist."" Und was du gesehen hast, angeht:

Der kleine Junge, der den Geldbeutel genommen hat, hat nur das mitgenommen, was ihm gehörte. Sein Vater arbeitete bei diesem Reiter. Er konnte sein Lohn nicht bekommen und der Reiter hatte jede Menge Schulden an ihm; das Geld war dafür. Und dieser alte Mann brachte den Vater von Reiter, bevor er blind geworden ist. Er vergalt es, indem er ihn tötete. Wie du siehst, ist meine Gerechtigkeit sehr geheim.[35]

---

[35] Imam Ghazali, übersetzt von Yöneticilere altin Ögütler (goldene Ratschläge für die Leader), Verlag Semerkand, S.70,71

Wir lernen durch diese Geschichte, dass die Gerechtigkeit Gottes auf jeden Fall kommt, auch wenn wir es nicht merken. Man kann auch sagen, dass Gott wusste, dass eine Hungersnot kommen würde und er dafür den Joseph auserwählte, damit er seine Familie rettet, weil Gott dem Abraham versprochen hat, dass seine Nachkommen zahlreich wie die Sterne sein werden. Gott hält immer sein Versprechen. Warum sollte er dann nicht halten, wenn er so allmächtig und allwissend ist. Er ist, wie er sich beschreibt. Das Universum beweist jeden Tag seine Worte, wenn man nur hinschauen kann. Gott macht auch nie etwas ohne Grund.

Von Prophet Joseph können wir viel lernen und er ist beispielhaft für uns alle Menschen. Obwohl er seine Mutter verloren hat und von seinem Vater und Heimat entrissen wurde, könnte er präsent sein und das ganze Land regieren. Wäre er mürrisch und unfreundlich, müsste er entweder für immer Sklave sein oder den Rest seines Lebens im Gefängnis verbringen.

Die Zulaikha träumte ja auch nur von Joseph. Sie dachte nur an ihn. Egal ob sie isst, trinkt oder geht, war Joseph eigentlich immer bei ihr, obwohl sie ihn ja auch ins Gefängnis werfen ließ. Die Liebe verlässt einen eben nicht, auch wenn der Geliebte nicht dabei ist. So ist es auch mit der Liebe Gottes, was die Quelle und der Eingang zum wahren Glück ist. Joseph war verliebt in Gott und Zulaikha in Joseph. So war Gott immer bei Joseph und Joseph bei Zulaikha. Deswegen konnte Joseph im Gefängnis auch glücklich sein. Denn Gott war bei ihm.

Als die Menschen in Rom noch nicht den Gott von Abraham, Ishak und Jacob kannten, sagten sie: „jeder ist seines Glückes Schmied."

Unrecht hatten sie auch nicht. Das wichtigste ist nicht nur, wie man mit anderen Menschen spricht, sondern auch, wie man mit sich selbst spricht. Also die inneren Gespräche, die jeder Mensch täglich führt. Denn das Gehirn versteht kein Unterschied, ob wir uns selbst sagen, dass wir schön oder hässlich sind oder ein anderer Mensch. Der Unterschied besteht am Gefühl, da die Gefühle die Tinte für Hippocampus sind, der die Erlebnisse ins Gehirn schreibt.

So schreibt der Schreibfeder des Gehirns namens Hippocampus all die Wörter und Momente, wenn wir zum Beispiel mit Heide Klum zusammen in einem Zimmer sind und Mathe lernen. Jeder würde die Prüfung bestehen, wenn sie sich Zeit nimmt und ein paar Stunden mit uns übt. Also als Nachhilfelehrerin wird sie bestimmt auch sehr erfolgreich sein. Aber wenn derselbe Stoff die Geschwister oder eine Rentnerin gibt, wird das ins Gehirn nicht so eingemeißelt, da Hippocampus nicht so große Spannung hat wie bei ihr.

Da Heidi Klum nicht dabei sein kann, muss man entweder eine andere Heide suchen oder sich wie Bill Gates verhalten. Hier ist ein kleiner Auszug von seinem Buch „Der Weg nach vorn", damit das Erfolgsverhalten verdeutlich wird:

Man muss sich sehr konzentrieren, wenn man gute Software machen will, und es war eine Strapaze, Basic für den Altair zu schreiben. Ich habe die Angewohnheit, mit dem Stuhl zu wippen oder auf und ab zu gehen, wenn ich nachdenke, denn das hilf mir, mich auf einen Gedanken zu konzentrieren und Ablenkungen auszuschließen. Im Winter 1975 habe ich in meiner Studentenbude viel gewippt und bin lange herumgetigert. Paul und ich schliefen sonderlich nicht viel, und wir wussten nicht mehr, ob es Tag oder Nacht war. Oft bin ich einfach am Schreibtisch oder auf dem Boden eingeschlafen. Es gab Tage, an denen ich nichts aß und niemanden sah. Aber nach fünf Wochen war unser Basic – Programm fertig – und die erste Firma, die Software für Microcomputer schrieb, war geboren. Später nannten wir sie „Microsoft". [36]

Bill Gates hatte natürlich auch großes Glück, dass seine Eltern lesen und scheiben könnten und diese Fähigkeit auch zu Nutze machten, indem sie auch World Book Encyclopedia aus dem Jahr 1960 kauften, um ihre Wissensdurst zu stillen, die sie vermutlich auch ihrem Kind Bill Gates weiter vererbt haben, da er als Kind schon vernarrt in dieser Encyclopedia las, was seine Horizont vermutlich sehr erweitert hat.

Später änderte er sein Verhalten auch nicht und ob man sich ändern kann, nachdem die Kindheit vorbei ist, ist auch sehr fraglich. Es wird auch durch das Leben von Bill Gates klar, wie viel Eifer und Power man anwenden muss, damit die Tore der Welt sich öffnen. Da der Himmel das Gegenteil der Erde ist, muss auch klar sein, wie viel Kraft man braucht, um die Tore des Himmels zu öffnen.

---

[36] Bill Gates, der Weg nach Vorn, Hoffmann und Campe Verlag, 1995, S.37

Laut Epikur wird man aber nicht so glücklich, wenn man die ganze Zeit Reichtümer anhäuft. Er sagt: „Wenn du einen Menschen glücklich machen willst, dann füge nichts seinen Reichtümern hinzu, sondern nimm ihm einige von seinen Wünschen."

Und der Teufel will immer das Gegenteil, was einem Menschen zu Gute kommen soll. Nach Teufel soll der Mensch stets sich was wünschen und träumen statt sich seinem Traum zu nähern. Der Teufel will auch, dass der Mensch wie ihn wird.

Um glücklich zu sein, muss man auch vergeben können. Und wer nicht vergibt und Rachegefühle hat, ist auch wie Teufel. Denn der Teufel hat sich noch nicht vergeben und stets sauer auf den Mensch. Er kann einfach nicht akzeptieren, dass Gott jemanden erschaffen hat, das ein höheres Wesen ist als er. So sieht er sich besser als den Mensch und wirf sich selbst in den Sündenbrunnen, da er sich durch diese Denkweise gegen Gott stellt. Ansonsten hieß der Teufel davor Azazil und bedeutet etwa „Was Gott unterstützt". Aber seine Eitelkeit und hohe Stellung bei dem Engel haben ihn blind gemacht und hat vergessen, wer ihn in diese Position gebracht hat. So war er am Ende in der Lage gegen Gott zu sein.

Das was der Teufel gemacht hat, machen viele heute immer noch nach. Und am Ende geschieht den das, was dem Teufel passiert ist und sie verlieren alles, was sie haben. Trauer und Klage ist dann sicher. Hoffentlich lernen wir von der Geschichte von Azazil und wissen, welcher Weg uns dem

Glück näher bringt. Jeder kennt den Weg des Glückes. Man muss nur gehen.

Vergib und öffne den Weg des Glückes und geh hinein. Warum vergibst du nicht? Hast du denn nie eine Sünde begangen und nie einen Fehler getan? Jeder Mensch muss Fehler machen, um den Namen Gottes gerecht zu werden. Wie kann Er vergebend sein, wenn der Mensch nie einen Fehler macht. Es ist doch auch schön, wenn die anderen an dir sündigen und dich verletzen. So kann man Vergebung üben und tugendhaft werden. Wie willst du die Tugend und guten Charakter erlangen, wenn alle dich in Ruhe lassen und dir nie was antun, wenn du nicht mit einem goldenen Löffel im Mund geboren bist.

Das was die Menschen dir angetan haben, ist nur Düngemittel, damit du ein besserer Mensch wirst und die schönen Attribute der Menschheit in deinem Herz manifestieren können. Es passiert schon nichts, wenn man vergibt, es sei denn du willst immer unter der Dünge bleiben und nicht wachsen, um die Sonne zu sehen.

Die heilige Rabia trug ihr Leichentuch immer dabei. Das Leichentuch war vielleicht ihr bester Freund, da es sie immer dran erinnerte, dass sie jederzeit sterben könnte und das Leben für sie auch vergänglich ist. Wenn man diese Geisteshaltung verinnerlicht, wird man wirklich frei. So ist es auch eine Methode, damit man sich entlastet und glücklich wird.

Wir haben auch so Potential, um glücklich zu sein. Denn da oben gibt es 100 Milliarden Neuronen und wenn man überlegt, dass jedes Neuron mindestens 10.000 Synapsen-Verbindungen haben, kann man eigentlich alles schaffen und überwinden. Aber diese 100 Milliarden Neuronen nutzen für nichts, wenn man Liebeskummer hat oder die Katze gestorben ist, der man 15 Jahre das Katzenklo sauber gemacht und sie gestreichelt hat.

Es stimmt, dass wir alle auf dem Kasten so große Potenzial haben. Aber wenn wir nicht geliebt werden oder wenn die Liebe fehlt, können wir vor die Hunde geworfen werden. Friedrich Nietzsche war so einer. Er war intelligent aber litt sehr unter seelisch und körperlichen Schmerzen, da er den Wert der Gedanken verschätzte und als Philosoph leider dem Teufel diente.

Er sah nicht, wie Gott alle Lebewesen versorgte und an sie dachte. Wenn Gott so viel an dich denkt und du gar nicht oder schlecht über Ihn wie Nietzsche, dann kann man sogar an Undankbarkeit zu Grunde gehen.
Friedrich Nietzsche war am Ende verloren, da er höchstwahrscheinlich nicht wüsste, wie man die Gedanken fließen lässt. Das sind Gedanken eben; mal ist man in Bagdad und mal in Paris und wenn man nicht weiß wo man sein darf, kann man die Kraft der Gedanken verlieren. Und es ist von vornerein falsch, dass der Mensch sich mit anderen Menschen, mit der Vergangenheit und der Zukunft viel zu viel beschäftigt und die Gegenwart aus der Hand verliert. So kommt man eben auf Gedanken wie, dass Gott tot ist oder die Götter verwesen. Man muss wissen, dass Gott alles sieht und hört, was man tut, sagt oder schreibt. Wenn man Gottes

Kraft und Macht unterschätzt oder sie dir gleichgültig sind, dann wird man sehr wahrscheinlich bestraft.

Hier ist eine schöne Überlieferung von Prophet Mohammed, was für uns alle wichtig ist:

Wenn Gott jmd. liebt, sagt er zu Gabriel, dass Er ihn liebt und befiehlt ihn, dass er ihn auch lieben soll. Gabriel liebt ihn dann und sagt er den Himmelbewohner, dass Gott diesen Menschen liebt und sie ihn auch lieben sollen. Dann lieben ihn alle Himmelsbewohner und auf der Erde erwacht eine Liebe im Herzen der Menschen zu dieser Person.

Wenn Gott jmd. zürnt, sagt er zu Gabriel, dass Er ihn nicht liebt und befiehlt Gabriel, dass er ihn auch nicht lieben soll. Dann liebt ihn Gabriel nicht und sagt den Himmelbewohnern, dass sie ihn nicht lieben sollen. Dann lieben ihn die Himmelsbewohner nicht und auf der Erde erwacht Hass und Groll im Herzen der Menschen gegen diese Person.

Wie man sieht, dass der schnellste Weg, um unglücklich zu sein, sich gegen Gott aufzulehnen ist. Wenn man aber glücklich und länger leben will, kann man ins Kloster ziehen. Die Männer dort leben 5 Jahre länger als die Männer, die draußen mit Nachbarn, anderen Autofahrern und noch mit der Frau streiten müssen, wenn sie mal nach der Arbeit zu Hause angekommen sind.

Zugvogel:

Manchmal braucht man keinen Psychologen, um zu lernen, wie man wieder den richtigen Weg finden und glücklich werden kann. Man muss nur in den Himmel schauen und sehen, wie viel Mut und Leidenschaft die Zugvögel besitzen, wenn sie ihre Ziele erreichen wollen. Sie vergessen all die negative Seite des Lebens und haben nur die Sonne im Kopf. So erreichen auch die meisten ihre Ziele und sind im Nachhinein glücklicher, da sie ihre Ziele nicht aus den Augen verlieren. Wie diese Vögel müsste man auch auf Süßigkeiten des Lebens verzichten, wenn man ans Ziel kommen will. So machen die Zugvögel auch. Sie haben gute Augen und vom Himmel sehen sie auch viele Leckerlies, aber sie halten sich zusammen. Manche Vögel wie die Pfuhlschnepfen machen keine Pausen. Sie fliegen auf einem Stück 11700 km in 9 Tagen.[37]

Ich denke, dass das Geheimnis ihres Erfolges in ihrem kleinen Gehirn liegt. Sie haben dann genug Ausdauer, weil sie fest davon überzeugt sind, dass sie es schaffen werden und nie an Scheitern denken.

Eine gute Freundin sagte mir: „wenn du denkst, dass du von einem Mädchen Korb bekommst, dann bekommst du auf jeden Fall einen Korb." So war es immer bei Matthäus. Er beschwerte sich immer, dass ihn keine Frau wollte und er keine Chance bei Frauen hat. Uns so war es auch. Nach zehn Jahren mit dieser Denkweise war er immer noch Single. Manche hatten dann Angst vor einem Fach, weil viele ihm eingeredet haben, dass es unschaffbar wäre. So verschieben sie das Fach solange, bis sie gezwungen werden, die Prüfung zu schreiben. Dann merken sie oft, dass das, was in ihrem Kopf war, nicht anders als eine Lüge ist.

Viele von uns sind unglücklich, weil wir unsere Ziele nicht erreichen und auf dem Weg zu unserem Ziel den Mut

---

[37] https://www.welt.de/wissenschaft/article2605342/Dieser-Vogel-kann-neun-Tage-ohne-Pause-fliegen.html

verlieren, was uns zum Scheitern bringt. Dabei sind wir eigentlich viel Stärker als die Zugvögel und könnten unsere Ziele erreichen, wenn wir dran fest glauben würden.

Wir können aber unseren Horizont erweitern, indem wir uns weit weg von unserer Erde entfernen und versuchen mit Sternen zu reden. Wir könnten versuchen mit einem den ältesten Sternen des Universums namens SM0313 zu reden. Sobald der Stern uns nach unserem Alter fragt, werden wir verwirrt sein, ob wir überhaupt was gesehen und gelebt haben. Was ist denn schon 37 oder 70 Jahre neben 13,6 Milliarden Jahren?

Die Zeit geht auch schnell vorbei. Viele von uns sind 70 Jahre alt geworden, ohne zu wissen, wie die Zeit so schnell vergehen konnte. Es scheint, dass die Zeit sehr mächtig zu sein, die jeden Mensch bezwingt und begräbt.

Da unsere begrenzte Zeit auf der Erde jederzeit zu Ende sein kann und auch 75 Jahre schnell zu Ende wird, bleibt uns nicht anders übrig, nicht sauer auf Menschen zu sein, die einen Menschen bloß mit Worten unheimliche Schmerzen zufügen können, wenn der Zuhörer psychisch schlecht gewappnet ist.

Um die Zeit auf der Erde glücklich zu verbringen und zu beenden, muss man sich und seine Freunde gut kennen. Ohne diese Kenntnis ist man wie in einem Mienenfeld. Ob man das Feld unverletzt passieren kann, ist auch sehr fraglich.

Die Bibel sagt: „wer das Gesetzt befolgt, ist ein verständiger Sohn; wer sich aber mit Schlemmern einlässt, macht seinem Vater Schande."[38]

---

[38] Bibel, Sprüche 28:7

Es war so und es wird immer so sein, da wir Menschen so programmiert sind und uns den Menschen ähneln mit denen wir Beziehungen aufbauen. Wen wir jemanden kennenlernen und mögen, findet es in unseren Gehirnen statt und wir können nur das sein und tun, was in unseren Köpfen vorgeht. Und wenn wir uns mit einem leichtsinnigen befreunden, werden wir auch so, wenn wir lange genug bei ihm vom Herzen geistig bleiben. Und es ist zu gefährlich, wenn dieser Mensch ein schlechter Mensch ist. Denn es ist sehr wahrscheinlich, dass er Dir dasselbe, wenn nicht noch schlimmere Dinge tun wird, was er den anderen Menschen angetan hat. Da aber du mit diesem Menschen davor durch bestimmte Hormone Bindungen und Beziehung gebaut hat, musst das alles wieder abgebaut werden. Und das ist ein schmerzlicher Prozess, was ein Mensch am Ende sogar krank machen kann.

Bibel rat uns die Schlemmer zu meiden, da es wohlbekannt ist, dass man nach dem man schlemmt weder beten noch geistreich sein kann. Man neigt dann nur noch das Ego zu stillen und da das Ego nur Böses will, kann man von diesen Menschen Worte hören, die der Zunge leicht und dem Herz sehr schwer sind. Man kann leiden und wie man sieht, will Gott uns nur beschützen. Denn nichts kann schlimmer sein als mit dem Umgang mit einem Menschen, der im Herzen einfach verfault ist.

Ich bat einmal um einen Rat für das Leben bei einer Philosophiestudentin. Sie sagte: „achte auf deinen Taten! Denn sie werden Gewohnheiten. Achte auf deine Gewohnheiten! Denn sie werden dein Charakter. Achte auf deinen Charakter. Denn er wird dein Schicksal."

Der Lars aus dem Cosmos Spieliothek, der da wegen seiner Sucht arbeitete, war anderer Meinung, obwohl er genau diesen Satz lebte. Er war eigentlich Busfahrer aber wegen seiner Sucht für Spielautomaten kündigte er den Job und arbeitete in der Spielothek, da sein Verdienst sowieso dahinfloss. Manche Menschen könnten zwei Tagelang ohne Pause spielen. Sie bekamen ihr Lohn und gingen nicht nach Hause, ehe sie ihren ganzen Verdienst verpuffen. Irgendwann dürften diese großen Männer zwischen 4 und 10 Uhr nicht mehr spielen, was viele große Männer zum Weinen gebracht hat.

Der Lars sagte mir: „irgendwann triffst du den Menschen, der dich entweder ganz hochbringt oder dich ganz tief versinken lässt."

Er hatte Recht! Denn die Freundschaft mit jemandem, die mit ihm außer mir niemand so pflegte, zerstörte mein ganzes Leben. Jeder hielt von ihm Abstand. Nur ich nicht! Am Ende habe ich ihn auch gehasst und das machte mich krank. Warum befreundet man sich mit jemandem, wenn man weiß, dass diese Person keine Liebenswürdige Seite hat? Vielleicht habe ich ihm nur kennen gelernt, damit Gott mir meine Sünden verzeiht. Ja, so ungefähr soll man denken, da es sonst noch schlimmer wird.

Der Tarik aus Darmstadt, der als Moslem ohne Bierflasche in der Hand nicht laufen kann und nach ihm er völlig in Deutschland integriert ist, war auch Opfer seiner Gedanken und Gewohnheiten. Er kam nach Deutschland und studierte einer der gefährlichsten Fächer, nämlich Philosophie. Er dachte und dachte und am Ende dachte er dran, was man durch das Denken nicht wissen kann. Dann war er nicht befriedigt, traf falsche Freunde und nahm Drogen. Kurzer Zeit

Später war er dann abhängig von Drogen und das was er verdient hat, reichte nicht für sein Drogenkonsum. Als Lösung sprach er mit seinem Chef und machte ihm ein Angebot: „wenn du mein Drogenkonsum bezahlen kannst, dann kann ich hier weiter arbeiten." Daraufhin wurde er entlassen und seitdem lebt er auf der Straße.

Marc Aurel sagt: „so wie deine gewöhnlichen Gedanken sind, wird auch der Charakter deiner Seele sein, denn die Seele ist von den Gedanken gefärbt".[39]

Gedanken sind wichtig. Aber ich finde gute Freunde, bei denen der Geist und Seele erweckt und lebendig sind, viel wichtiger, was heute immer seltener gefunden wird.

Als ich in Wien unglücklich flanierte, traf ich einen serbischen Psychologiestudenten, der ebenso unglücklich in Wien auf der Baustelle arbeitete. Wir redeten nach Glück und er sagte, dass der Mensch nicht zum Psychotherapeuten gehen brauche, wenn er Arbeit und Freunde hat und Sport treibt. Also nur diese 3 Sachen hätten nach ihm gereicht, um glücklich zu sein.

Wie Charles Darwin wohl gemerkt hat, dass der Mensch seine Arbeit durch Übung zu erlernen hat und bei Menschen die Arbeit wie bei Tieren nicht angeboren ist, sollte der Mensch nicht Faul sein, um seinen Beruf zu erlernen, da der Mensch berufslos wie ein Vogel ist, der kein Nest bauen kann. Man wird dann wie ein Kuckuck unter den Menschen, den man hasst und nicht willkommen heißt, was den Menschen grimmt und unglücklich macht.

_____

[39] Vgl. Charles Darwin, die Abstammung des Menschen und die geschlechtliche Zuchtwahl, Verlag e-artnow,S. 239

Wenn man unglücklich und dazu kürzer leben will, soll man sich eine streitsüchtige Frau, zornige Männer, schlechte Freunde und eine harte Arbeit aussuchen, die man nicht liebt. Die Dame ist natürlich wie immer das wichtigste, um die viele Ziegenböcke von Bergen runtergefallen sind und den Wölfen eine köstliche Mahlzeit werden. So ging es auch vielen Männer, die wegen eines Mädchens sich nicht mehr für Schulinhalte konzentrieren könnten und irgendwo arbeiten, wo sie keinen Spaß haben.

Wenn man aber schon in der Schule klug ist und auf den Rat der Weisen Menschen hört, kann man sich viele Schmerzen ersparen. Der weise Konfuzius sagt: „wähle einen Beruf, den du liebst, und du brauchst keinen Tag in deinem Leben mehr zu arbeiten." Wenn man auf ihn nicht gehört hat und dazu noch die Wohnung mit einem chinesischen Kampfhahn oder - huhn teilt, dann musst man sonntags mit einem Plakat in der Hand „Gnade" im Park spazieren gehen.

So wie ich in der Welt mitbekommen habe, leben die Männer der Streitsüchtigen Frauen sehr viel kürzer als die Männer, die umgängliche Frauen haben. Andersrum ist es genauso. Heute wird vieles schwer und auch sehr vieles leichter. Die Heirat ist eine schwer gefährliche Angelegenheit und je mehr Erwartungen man hat, desto schwieriger wird es.

Ich redete mit einer ausländischen Sozilogin, die mit einem deutschen Mann zusammen war. Ich fragte sie, wie ihr Traummann sein sollte, um zu verstehen, was die Frauen wollten.
Sie sagte: „er soll groß, stark und gebildet sein. Er muss gut verdienen und handwerklich begabt sein. Außerdem muss er auch gut zuhören und reisen mögen."

Ich fragte Sie, ob Sie das alles bei einem Mann haben will. Sie lachte nur und ich verzweifelte noch weiter.

Es kann leider nicht funktionieren, wenn man so viele Erwartungen von einem Partner hat. Die Ehen halten auch nicht mehr wie früher. Und die Hälfte der Ehen gehen wieder auseinander, in der Hoffnung wieder glücklich zu sein, was oft sie dann noch unglücklicher macht.

Der Grund, warum die Ehen nicht hält, ist ganz einfach: wenn man heiratet und in die gemeinsame Wohnung einzieht, ist der erste Besuch immer der Teufel und wenn man schon eine leichte Beute für den Teufel ist, gehen die Ehen schnell wieder kaputt. Und da die Scheidung die Hochzeit vom Teufel ist und er gerne Hochzeiten feiert, ist man oft nicht auf der sicheren Seite, wenn man nicht weiß, wie man mit Teufel kämpft. Die erste Regel ist ganz einfach: man darf ihm weder ja noch nein sagen. Und mit Zorn lädt man ihn auch immer ein.

Marc Aurel beginnt sein Buch "Selbstbetrachtungen" mit folgenden Sätzen: „Von meinem Großvater [Verus] weiß ich, was edle Sitten sind und was es heißt: frei sein von Zorn."[40]

Zorn ist ein großer Dorn im Auge, weil der Mensch dadurch nicht mehr richtig sehen, handeln und große Lebensfeindliche Fehler machen kann. Das Resultat, dass man ein paar Minuten zornig zu sein, kann einen Menschen Lebenslang hinter Gitter bringen oder aber auch hinter psychischen Gittern leiden lassen. Der Grund ist der Aufbau unseres Gehirns, und zwar hauptsächlich unser Hippocampus. Man kann sich Hippocampus als eine feine, kleine und zierliche

---

[40] Marc Aurel, Selbstbetrachtungen, Verlag e-artnow, S. 4

Sekretärin vorstellen, die die Ereignisse ins Gedächtnis schreibt. Und wenn wir bei einem Ereignis zornig oder ängstlich sind, schreibt sie es mit großen und unradierbaren Buchstaben, dass man sie nie wieder vergessen und das Leben zum Verhängnis werden kann.

Beispiel 1:

Der LKW-Fahrer fährt an den Maisfeldern vorbei und während der Fahrt sieht er an der Kupplung eine Schlange. Die Schlange kriecht langsam an seinem Stiefel und er kriegt so Angst, dass er starr wird und nicht mehr bremsen kann. Dann fährt er ins Maisfeld, um die Schlange zu töten. Dabei vernichtet er das ganze Maisfeld, das noch nicht ganz gewachsen sind. Und jedes Mal beim Einkaufen erinnert sich an die Schlange und an die Maisfelder, die er zerstört hat, wenn es im Supermarkt Mais angeboten wird. Er will an diese Schlange und Maisfelder nicht denken und deswegen findet et diese Erinnerungen sehr störend und geht zum Psychologen. Der Psychologe versucht die innere Wahrheit zu verändern, indem er die Schlange und Mais essbar, genießbar und verdaulich darzustellen. Er springt auf die Witze der Psychologen und verändert seine Sichtweise über die Schlange und dem Mais und wird nicht mehr von seinen eigenen Gedanken gequellt.

Beispiel 2:

Die schöne Mitarbeiterin sieht jeden Tag den Chef und weiß nicht, welche Hemden er getragen hat, weil er jeden Tag ein anderer trägt. Dann geht sie einmal ohne Klopfen der Tür in sein Zimmer rein uns sieht, wie der Chef mit seiner neuen Verlobten über Geschäfte redet. Sie flieht sofort aus dem

Zimmer und dabei ist sie so enttäuscht und wütend, dass sie nie wieder sein pinkes Hemd vergessen kann.

Hier spielt der Hippocampus auch eine große Rolle, da sie mit so großen Emotionen die Tür wieder zumacht. Der Hippocampus schreibt es mit sehr großen Buchstaben, dass sie dieses Ereignis nicht mehr vergessen kann.

Beispiel 3:

Die schöne Mitarbeiterin ist mit dem Chef zusammen und er verlässt seine Frau wegen ihr nicht, um sie offiziell zu heiraten. Dann ruft sie seine Frau an und erzählt ihr, was los ist, damit sie ihn verlässt. Sie bedankt sich bei ihr für ihre Arbeit, da sie seit Jahren zusammen im Bett schlafen, aber nicht miteinander und fragt sie, ob er im Bett nicht langweilig sei. Sie wird dann so wütend, dass sie seine Steuerhinterziehungen beim Finanzamt meldet. Dann geht die Frau zu Sekretärin und zieht sie an ihren Haaren und sie kämpft mit der Frau von Chef. Am Ende verliert sie den Job und wird arbeitslos. Sie kriegt dann 1 Jahr arbeitslosen Geld und dann rutscht sie ins Hartz IV. Statt an ihre finanziellen Sorgen zu denken, denkt sie immer noch an die schlimmen Worte der Ehefrau, da Hippocampus wieder mal zu viel Tinte benutzt hat.

Zumindest ist es bei mir so, dass ich in Starr-, Flieh- und Kampfzustand so viel Tinte verschwende, dass ich dann diese Vorfälle nicht so leicht vergessen kann.

Ich würde mich sehr freuen, wenn wir lernen konnten, wie wir unser Hippocampus richtig benutzen konnten. Es wäre aber hilfreich, wenn wir mit unserem Hippocampus gut umgehen und Ereignisse so hinnehmen, dass der

Hippocampus nicht überfordert ist. Denn manchmal kann uns die Sekretärin das Leben retten.

Die Polizisten wollten George Floyd in den Wagen bringen und abführen. Aber wegen seiner Angst und Klaustrophobie wollte er nicht einsteigen. Und das kostete ihm das Leben. Wäre er einfach so eingestiegen, käme auch keine Verstärkung mit dem rassistisch veranlagten Derek Chauvin, der sein Mörder sein wird. Ich hatte nie gesehen, dass man einen Menschen mit Knie erwürgen und töten könnte. Das war für uns alle Menschen eine schreckliche Tat, die wir alle nicht so leicht vergessen werden.

Der Mensch muss nicht unbedingt jemanden umbringen, um sein Leben zu vermasseln. Oft reicht schon, wie er mit den Menschen redet. Sogar die Kamele in der Wüste nehmen Rache, wenn man sie beleidigt und manche Blumen sterben sogar, wenn man mit ihnen mit bösem Ton redet. Und bei Menschen müsste man noch vorsichtiger sein, wie und mit welchem Ton man redet. Denn es kann schnell passieren, dass man ihm das Herz bricht. Manche Menschen machen es absichtlich, ohne Sie wissen, was sie damit antun, da sie das Universum nicht kennen und schätzen.

Einstein schrieb: „Der Mensch ist ein Teil des Ganzen, das wir Universum nennen, ein in Raum und Zeit begrenzter Teil. Er erfährt sich selbst, seine Gedanken und Gefühle als abgetrennt von allem anderen – eine Art optische Täuschung des Bewusstseins. Diese Täuschung ist für uns eine Art Gefängnis, das uns auf unsere eigenen Vorlieben und auf die Zuneigung zu wenigen uns Nahestehenden beschränkt. Unser Ziel muss es sein, uns aus diesem Gefängnis zu befreien, indem wir den Horizont unseres Mitgefühls erweitern, bis er alle lebenden Wesen und die gesamte Natur in all ihrer Schönheit umfasst."[41]

Durch die Ausdrucksweise der Sprache können wir die Energiefelder der Menschen, Tiere und Pflanzen blockieren oder öffnen, wodurch die Lebewesen an Lebensqualität verlieren und sogar sterben können, da sie nicht mehr Energie vom Ganzen schöpfen können.

Ein indianisches Sprichwort besagt: „alles was du in deinem Leben und Dasein einmal an Ungerechtigkeit, Lügen, Kälte und Unwissenheit anderen Menschen zugefügt hast, kommt wieder zu dir in sieben Jahren."[42]

Die Bibel sagt im Alten Testament: „Ich vergesse nicht von dem, was sie euch antun; alles halte ich fest. Und schon bald werde ich euch rächen. Ich werde ihnen alles vergelten. Es dauert nicht mehr lange, dann bringe ich Sie ins Wanken und lasse sie ins Unglück stürzen. Ihr Schicksal ist bereits besiegelt."[43]

Und Im Neuen Testament sagt die Bibel: „rächt euch nicht selber, liebe Brüder, sondern lasst Raum für den Zorn (Gottes); denn in der Schrift steht: Mein ist die Rache, ich werde vergelten, spricht der Herr.[44]

---

[41] https://www.der-innere-weg.de/der-innere-weg/schatztruhe/albert-einstein/
[42] http://www.sprichworte-der-welt.de/sprichworte_aus_amerika/sprichworte_der_indianer.html
[43] Bibel (Hoffnung für alle), Altes Testament, 5. Mose 32:34,35
[44] Bibel Einheitsübersetzung (Herder), Neues Testament, Römer 12:19

Und wenn man bei Gott in die schwarze Liste geschrieben ist und Er auf dich zielt und dich bestraft, da hilft weder Arzt noch der größte Heiler. Man leidet dann bis Gott sich erbarmt, dir verzeiht und dich heilt. Es ist aber nicht so einfach Gottes Strafe auf sich zu ziehen, da Gott sehr barmherzig und verzeihend ist. Man muss schon sehr viel anstellen, denke ich.

Trotz all dem sieht das Ende der Unterdrücker nicht so schön aus. Und wehe den Menschen, die die anderen Menschen, Tieren und der ganzen Natur die Lebensenergie blockieren, indem sie nicht ihre Zunge zügeln oder sonst wie sie unter Druck setzen, dass ihr Gleichgewicht verloren geht und sie dann leiden. Sie wissen nicht, dass sie eigentlich sehr leichtsinnig sind, wenn sie einen Menschen leiden lassen. Es kann mit Armut, Krankheit oder Unglück zurückkommen. Wenn man klug ist, kränkt man niemanden, schenkt jedem Lebewesen Liebe und stiftet auf der Erde kein Unheil, damit man ein glückliches Leben führen kann.

Im Koran steht: „es preisen Ihn (Gott) die sieben Himmel und die Erde und wer darinnen. Und kein Ding ist, das Ihn nicht lobpreist. Doch versteht ihr nicht ihre Lobpreisung. Siehe, Er ist milde und verzeihend."[45]

Ein Volk wie die Indianer, die mit Natur so verbunden waren und die Natur hochschätzten sagen: „alle Pflanzen sind unsere Brüder und Schwestern. Sie sprechen mit uns, und wenn wir zuhören, können wir sie hören."

Das stimmt. Aber mit heutigem Herz, das mit so vielen materiellen und weltlichen Dingen benebelt ist, kann er sie

---

[45] Der Koran, Max Henning, VMA-Verlag, Sure 17, Vers 44

nicht verstehen. Das ist vielleicht heute unser größtes Problem, da wir uns miteinander immer weniger verstehen und nicht wissen, was wir wirklich wollen. Und wenn wir nicht mal uns selbst verstehen und wissen, was wir wirklich wollen, wird es unmöglich sein zu verstehen, was um uns herum vor sich geht. Wir können natürlich wie die alten Indianer die Natur verstehen, wenn wir unser Herz von nutzlosen Wünschen leeren und Raum für Gott schaffen. So könnte unser Herz wieder rein sein und spiegeln, was um uns herum vor sich geht.

Das Herz ist das wichtigste Organ eines Menschen. Prophet Mohammed und Jesus sind sich einig, dass wenn das Herz krank ist, der ganze Körper krank ist; und wenn das Herz gesund ist, der ganze Körper gesund ist.

Prophet Mohammed sagte: „fürwahr, im Körper befindet sich ein Stück Fleisch; wenn es gesund ist, wird der gesamte Körper gesund sein. Und wenn es verdorben ist, wird der gesamte Körper verdorben sein. Fürwahr, dies ist das Herz!" (Bukhari)[46]

In der Bibel Matthäus 6 steht: „das Auge gibt dem Körper Licht. Wenn dein Auge gesund ist, dann wird dein ganzer Körper hell sein. Wenn aber dein Auge krank ist, dann wird aber dein ganzer Körper finster sein. Wenn nun das Licht in dir Finsternis ist, wie groß muss dann die Finsternis sein."[47] Es kann sein, dass Isaac Newton wegen diesem Bibelvers Nadel ins Auge stach, um das zu überprüfen, ob das Licht von innen kommt oder von der Sonne in die Augen, da ja in der Zeit in

---

[46] https://www.lichterdererkenntnis.de/2019/07/10/ein-reines-herz/
[47] Bibel (Herder), Matthäus 6 :22,23

Europa Glaube über alles war und er wahrscheinlich den Vers missverstanden hat.

Mit „das Licht in dir" meint die Bibel aber ganz bestimmt nicht die Leber oder Galle, sondern wie Prophet Mohammed erwähnt hat, das Herz. Und da das Auge der Spiegel der Seele ist, kann man gut beobachten, wie die Menschen aussehen, wenn sie außer sich sind, sei es durch Wut oder Drogen. Und jetzt kann man sich vorstellen, was man sich antut, wenn man das Herz vor dem Bildschirm verdirbt.

Leider das größte Problem des 21. Jahrhundert ist die Pornografie. Rassismus dagegen ist ein kleines Problem. Es dreht sich in der Welt mehr als 20 Prozent aller Suchanfragen um Pornographie. Und wie können das Auge und Herz rein und gesund sein, wenn so viel Leid vor den Augen getan wird und man nichts dagegen unternimmt.

Das Herz der Menschen wird immer unsensibler, indem man das Herz nicht das gibt, was es braucht. Und wenn Sie sich mit jemanden befreunden, dessen Herz verfault ist, dann gehen Sie bitte schnell wieder weg, ohne Zeit zu verlieren, da durch sich Befreunden die Gefahr besteht, dass man schlechte Gewohnheiten kopieren kann.

Aristoteles sagte: „wir sind das was wir wiederholt tun. Vorzüglichkeit ist daher keine Handlung, sondern eine Gewohnheit."[48]

Und wenn wir uns mit jemanden befreunden, besteht die Gefahr, dass wir das tun, was er immer wieder tut. Mein Leben veränderte sich in der neunten Klasse, wo ich den Sohn

---

[48] https://www.aphorismen.de/zitat/12065

von Imam Tahir kennen lernte. Er war hoch intelligent und konnte alle Mathe- und Physikaufgaben lösen. In der Pause fragte ich ihn alle Aufgaben, die ich nicht lösen konnte. Er zeigte mir alles und ich bekam genug Schub, dass ich auch in allen Fächern so gut sein konnte wie er, weil ich mich auch für das interessierte, wofür er sich auch interessiert hat. Es gab auch viele Jugendliche, die durch einen schlechten Freund angefangen haben zu rauchen und andere schlechte Gewohnheiten sich angeeignet haben.

Und manchmal kann man sich nicht mehr kontrollieren. Alles fliegt aus den Fugen. Die Hormone werden zu einem wilden Pferd, das sich nicht zähmen will. Das nennt man Verliebtsein. Die Frau Fleurette de nerac, der wir das Wort flirten verdanken, war eine Tochter des königliches Gärtners und verliebte sich in den König Heinrich von Navarra.[49]

In einer Nacht waren die beiden verabredet. In ihr brennte das Vulkan und der König betrachtete sie als ein einfaches Mädchen, das er haben konnte, wann und wo er immer wollte. Vergeblich wartete sie die ganze Nacht auf ihn und völlig enttäuscht sprang sie in den Fluss und starb. Es ist traurig, aber leider wahr.

Hätte die Dame nur dran gedacht, dass es Gottes Wille ist, dass sie nicht zusammengehören und an das Schicksal fest geglaubt, dann wäre sie am Leben geblieben. Das Schicksal hat natürlich auch wie die Vögel zwei Flügel, damit der Mensch später Gott nicht beschuldigt. Ein Flügel ist eine Variable, die der Mensch verändern kann und der andere Flügel ist eine Konstante, die nur Gott verändern kann.

---

[49] Vgl. https://de.wikipedia.org/wiki/Fleurette_de_N%C3%A9rac

Hätte Prophet Joseph nicht dran geglaubt, dass es der Wille Gottes ist, dass er nach Ägypten verkauft werden muss, damit er seine Familie und andere Menschen rettet, dann hätte er seinen Brüdern nicht vergeben könne und wahrschein ein großes Trauma bekommen, das er nicht so leicht verarbeiten könnte.

Man kann natürlich auch eine Präventionsarbeit leisten und klug mit Menschen sein. Denn nichts kann einem Menschen weh tun wie der Mensch. Wenn man sieht, dass ein Mensch bei vielen Menschen was Schlechtes angestellt hat, viele Menschen sich bei ihn nicht wohl fühlen und ihn hassen, dann sollte man Abstand von diesen Menschen haben. Es wird sehr wahrscheinlich sein, dass du dieselben Gefühle auch erleben wirst.

Der Hass ist ein schreckliches Gefühl, dass einen Menschen am meisten belastet und beschäftigt. Es muss dann behandelt und beseitigt werden, da dieses Gefühl allein den Menschen krank machen kann.

Wir haben schon geschrieben, dass die Bibel uns davor warnt, uns mit Menschen zu befreunden, die reichlich schlemmen, da man sonst Schande nach Hause bringt. Eigentlich ist man auf der sicheren Seite, wenn man die Menschen meidet, die Sklave ihres Egos sind und nicht wissen, was durch ihren Mund geht und was aus ihrem Mund kommt.

Man sagt auch, dass man das ist, was man isst. Dieser Satz stammt von einem deutschen Philosophen namens Ludwig Feuerbach. Er erkannte es bestimmt während des Studiums der Theologie und der Philosophie, weil er durch vollen Magen weder beten noch denken konnte.

Das Essen hat einen enormen Einfluss auf unsere körperliche uns geistige Gesundheit. Wenn man etwas isst, was durch Klauen oder Zinsen in die Küche gekommen ist, kann man den Geschmack des Geistes für eine Weile vergessen.

Wir müssen darüber im Klaren sein, dass wir eine Seite haben, die wir nicht anfassen und wiegen können. Es ist der Geist und er spielt, wenn der Bauch und das Herz nicht verunglimpft ist. Über Bauch und Herz sprach der Prophet Mohammed: „haltet euren Bauch leer, bis ihr mit euren Herzen Gott seht."[50] Er empfiehlt beim Essen, dass man den Magen in drei Teile teilt und mit je ein Drittel Essen, Wasser und Luft den Magen füllt. Er aß auch zweimal am Tag. Und hierfür sagt der weltberühmte Arzt und Philosoph Ibn Sina, bekannt Avicenna: „zwei Mal am Tag essen bedeutet Gesundheit und drei Mal am Tag essen Krankheit."

Fazit:

Wenn Sie in der Zukunft nicht als Eremit oder Einsiedler leben wollen, achten Sie genau, mit was für einem Mensch Sie zu tun haben und sich befreunden. Man soll erkennen, was für ein Herz der Mensch hat. Sein Herz wird ihn eher oder später dahinführen, wo sein Zuhause ist und du wirst Worte hören und Sachen erleben, was du nie geahnt hättest. Verlasse sie oder ihn, bevor es zu spät ist. Vertraue auf dein Herz und verbanne ihn bevor er in dein Herz seinen Samen einhaucht, der dich zerfressen und ins Unglück stürzen wird. Und wenn du schon im Unglück bist, musste nur noch seinen Samen aus deinem Herzen entfernen und du wirst wieder glücklich sein.

---

[50] Übersetzt von Erzurumlu Ibrahim Hakki, Marifetname, Verlag Bedir, Seite 603

Es gibt Menschen, die behaupten, dass es keine Feinde gibt und nur Lehrer gäbe. Das stimmt nicht. Dein größter Feind ist der Teufel und er wartet auf so einen Samen, damit er darauf gießt und du langsam verreckst. Er fasst dich am meisten, wenn du verzweifelt, enttäuscht und gekränkt bist und der Samen des Hasses in deinem Herzen gekeimt ist.

Als Derek Chauvin sein Knie auf dem Hals von George Floyd drückte, waren die Teufel und die Engel auch anwesend. Er schlug den Weg des Teufels ein und so hat er einen sicheren Platz im Kolosseum der Hölle verdient. Noch ist er aber noch nicht Tod und das Tor der Buße und Reue ist auch offen. Prophet Mohammed sagte: „Allah wird die Reue des Bereuenden annehmen, solange die Sonne nicht im Westen aufgegangen ist."[51] In einem ähnlichen Hadith sagte er: „solange die Sonne nicht dort aufgeht, wo sie untergegangen ist, wird der Jüngste Tag nicht hereinbrechen. Geht sie dort auf, wo sie untergegangen ist, so werden alle Menschen glauben; aber demjenigen, der vor diesem Tag nicht geglaubt hat oder mit seinem Glauben nichts Gutes tun konnte, wird sein Glaube nicht nützlich sein.[52]

Und wann wird es soweit sein? Ist er wirklich ein Prophet? Und wie kann er so was wissen? Man kann sich jede Menge Fragen stellen. Eins ist sicher, und zwar, dass unser Magnetfeld sich alle halbe Millionen Jahre um 180 Grad dreht. Und seit 780.000 Jahren hat sich aber nicht gedreht.[53] Also sie hat Verspätung. Das bedeutet für uns, dass es nicht

---

[51] Riyadhu-s Salihin, Hadith Nr. 17, Buch 1, Kapitel 2

[52] https://www.hakikat.com/deutsch/islam-die-bestimmungen-allahs-des-allmachtigen/der-glaube-an-den-jungsten-tag

[53] https://www.helmholtz.de/erde-und-umwelt/wann-polt-sich-das-erdmagnetfeld-um

mehr lange dauern wird, bis die Sonne wirklich im Westen aufgeht. Wenn aber die Menschen mit Augen es sehen müssen, muss sich das Vorzeichen der Winkelgeschwindigkeit der Erde verändern. Also die Erdrotation muss nicht mehr wie heute von Ost nach West sein, sondern von West nach Ost, damit die Sonne im Westen aufgeht. Vielleicht werden die Magnetumpolung und die Rückwärtsdrehung der Erde zusammen stattfinden. Ob die Erde Rückwärtsdrehen kann, weiß ich nicht. Und wie die Sonne vom Westen aufgehen wird, weiß ich auch nicht. Prophezeiung ist eine Aufgabe der Propheten und bis jetzt hat alles gestimmt, was Prophet Mohammed prophezeit hat.

Das erzählte ich den obdachlosen Philosophen Tarik aus Marokko. Er lachte und fragte mich, wann ich ihm Geld gebe. Ich sagte, wenn die Sonne im Westen aufgeht. Er war verwirrt. Einerseits hatte er vom Prophet Mohammed es gehört und andererseits konnte sich so was als Philosoph nicht vorstellen. Naja ich gab ihm trotzdem Geld und er segnete mich, weil er wieder noch eine Flasche Bier kaufen könnte, um seinen Kummer vergessen zu können.

Tarik war einer der intelligentesten Menschen unserer Stadt, obwohl er nicht so viel Glück wie der Philosoph aus dem Fass namens Diogenes von Sinope hatte, da bis jetzt noch nie ein König ihm nach seinem Wunsch gefragt hat. Immer muss er selber zu Menschen gehen und nach Kleingeld fragen, damit er Bier kaufen kann.

Intelligent zu sein reicht nicht, wenn man seinen Körper nicht kontrollieren kann und die Gedanken immer noch in der Vergangenheit weilen, die einen Menschen seelische Schmerzen zufügen. Viele von uns tragen diese seelischen Wunden in sich, da sie einen Menschen kennen gelernt haben, die ihnen das Herz gebrochen hat. Sie leiden dann oft, da sie diesen Menschen wie Tarik nicht vergessen können.

Sie können aber jemanden nicht vergessen, solange sie ihm nicht verzeihen können und ihm was Schlechtes wünschen. Es wird auch nicht besser, solange Sie diese Person lieben oder hassen. In diesem Zustand, wo die Gedanken oft an diese Person gerichtet ist, ist der Draht zu dieser Person noch zu groß. Aber da wir diese Person vergessen wollen, muss der Draht zu dieser Person möglich klein oder so unwichtig sein, dass das Gehirn ihm in Gedanken nicht mehr abspielt, damit der Mensch auf Grund dieser Person nicht mehr leidet.

Der Spruch „aus den Augen, aus dem Sinn" von Johann Wolfgang Goethe stimmt heute nicht mehr ganz, wenn man digital miteinander noch Kontakte pflegt. Damit man diesen Störenfried endlich aus dem Sinnen löscht, muss man auch aufhören seine Bilder online zu sehen. Man muss sich auch klar werden, dass das Denken an unerwünschte Personen gefährlich sein kann. Das kann Auslöser für psychische Krankheiten wie Psychose etc. sein und auch somatische Krankheiten verursachen. Man kann vieles verlieren, wenn man nicht rechtzeitig vergessen kann.

Der Elektrostudent Flobert in Darmstadt aus Kamerun hatte so ein Fall. Auf Grund des Hasses auf eine Person konnte er nicht mehr lernen. Da er wie sein Bruder in Deutschland studieren wollte, betete er zu Gott, damit er diese Person nicht mehr hasst, da er nicht mehr lernen konnte. Er wusste, dass dieser Hass in sein Leben gekommen, um sein Leben zu verderben. Er suchte Zuflucht bei Gott und zum Glück löste sich dieses Gefühl auf und er war wieder frei und konnte lernen. Aber falsch! Er wollte sich das Programmieren durch das Lesen beibringen. Zum Glück fragte ich vorher mein

Informatikprofessor Herr Freitag, wie man das Programmieren lernen könne. Er sagte: „Sie können das Skript auswendig können. Aber damit können Sie die Klausur nicht bestehen. Sie müssen tippen, Fehler machen und sie beheben. Programmieren lernt, indem man programmiert. Es ist wie eine Sprache. Man lernt sie nur, wenn sie spricht. Und Programmieren lernt man nur, wenn man programmiert!"

Wir haben uns jede Woche getroffen und richtig gelernt. So konnten wir die Klausur bestehen. Der Hass einer Person ist vielleicht auch eine Klausur, die jeder Mensch bestehen muss, damit er endlich zum wahren Menschen zählt.

Der Hass an eine Person macht es unmöglich diese Person zu vergessen und ein glückliches Leben zu führen, da dieses Gefühl in Menschen Gefahr und Stress erzeugt und der Mensch wie alle Lebewesen sich damit beschäftigt, die Gefahren zu beseitigen. Eigentlich ist der Hass das Schwert des Teufels und kommt auch vom Teufel. Er will nur, dass wir diese Person hassen, damit wir uns wie Derek Chauvin zum Mörder machen und somit unser Leben auf der Welt und im Jenseits verderben.

Vielleicht ist diese verhasste Person nur ein Wiederstand, durch ihn man Güte, Vergebung und Liebe lernt, damit man sich seelisch und geistig weiter entwickeln kann. So zu denken gehört auch zum Menschwerden und hilft zu vergessen.

Die beste Methode zu vergessen gelingt, wenn man diese Erinnerungen nicht mehr speist. So wird dieses Bereich im Gehirn wie eine Wüste vertrocknen, wo es früher ergrünte und blühte.

Die Person kann man auch nicht mehr vergessen, wenn man ihn im Glaubenszentrum des Gehirns wie ein Esel angebunden hat. Bis jetzt hat kein Gläubiger vergessen, dass Gott das rote Meer für Juden geteilt hat, um sie zu retten. Und wenn man glaubt, dass diese Person für sein Unglück verantwortlich ist, wird man diese Person auch nie vergessen und sein Leiden beenden.

Eigentlich ist es einfach diese Person zu vergessen, wenn man dran glaubt, dass das Gute und Schlechte von Gott kommt und nach dem Sinn sucht, warum das Unglück passiert ist, ohne dass man außer sich selbst niemanden die Schuld in die Schuhe schiebt.

Und hier ist noch ein kleines Gedicht für den Frieden und das Glück

Achte auf das Wort Gottes auf der Erde,
So wirst du nicht überfahren an der Straßenecke.
Klebe nicht an der Welt wie eine Schnecke.
Wer an sie nicht hängt, so bekommt man ihre Liebe.

Beabsichtige nichts zu besitzen!
In der Welt ist nichts käuflich,
Das musst du verstehen!
Nur so kannst du glücklich werden.

Was morgen geschehen wird,
Ist ein sehr diskretes Geheimnis.
Außer Mensch hat es niemanden interessiert.
Lebe nur im Jetzt ohne irgendeine blöde Besorgnis.

4.1 Erfolg und Gewohnheit

Eines Tages kam mein Zimmernachbar aus Nepal im Studentenwohnheim zu mir und er beschwerte sich, dass er mit Lernen nicht aufhören könne. Er studierte von morgens bis abends. Nichts konnte ihn von seinem Ziel abbringen. Er stand immer morgens früh auf und sagte: „morning shows the day." Der Satz stammt ursprünglich von John Milton und hieß: „the childhood shows the man, as the morning shows the day (Die Kindheit bestimmt den Mann, so wie der Morgen den Tag bestimmt)." Dieser Satz stimmte ganz. Um 6 Uhr stand er auf, machte er Yoga und dann das Frühstück. Danach fing er an zu studieren, womit er nicht aufhören könnte.

Er kam nach Deutschland und hatte am Anfang außer mir niemanden. Da nepalesische Rupie in Deutschland nicht so viel Wert ist, wollte er nicht so viel Geld ausgeben. Er aß immer zu Hause. Ich konnte aber gut kochen und so aßen wir jeden Samstag Lammkeule mit Karotten und Tomaten, die zusammen mit Zwiebeln angebrannt werden. Man brät wie immer erst Zwiebeln und dann den Rest. Das nannten wir Lamosch.

Als Student müssten wir fürs Theater kein Geld zahlen, wenn es genug Platz gibt oder wir den Platz vorher reservieren. Wir gingen ab und zu ins Theater. So sorgte ich dafür, dass es meinem Nachbar ein wenig besser geht und er sich nicht mehr so ganz einsam fühlt.

Ihm zu Liebe kaufte ich kein Rindfleisch. Wir benutzten ja dasselbe Geschirr. Er wohnte neben meiner Stube, die ca. fünfzehn Quadratmeter war. Am Anfang teilten wir die Küche und das Bad zu zweit. Dann kam aber zwei weitere Nepaläsen, da sie ungern so viel Geld für ein Zimmer zahlten. Es ist ja auch verständlich, da sie ja wie gewohnt alles nochmal mit Rupie ausrechneten. Das haben wir auch jahrelang gemacht, nachdem wir unser Mark mit Euro ausgetauscht haben. Sie lebten zu dritt in einem Zimmer. Jede hatte fünf Quadratmeter und glücklich waren wir alle. Jeden Samstag kauften wir Lammkeule für 4 Personen und ich kochte für uns alle. Das machten wir jeden Samstag. Es war wie ein Rituell, was uns mehr Verbundenheit gab und unsere Beziehung und Freundschaft stärkte.

Der Sunil kannte keine gemeinsamen Propheten der Juden, Christen und Moslems. Er wusste gar nicht vom Prophet Abraham, Jakob, Salamon usw. Sein Prophet war Stephen Covey. Er las sein Buch „the seven habits of highly effective people (Die 7 Wege zur Effektivität)". Er lebte genau so, was in diesem Buch stand.

Da er durch die Anwendung dieses Buches so erfolgreich geworden ist, obwohl er aus einem der ärmsten Länder nach Deutschland kam, seine Masterarbeit mit sehr guten Noten abschloss und in Europa seine Doktorarbeit schreiben dürfte, wollte ich schreiben, was ich von ihm gelernt habe, in der Hoffnung, dass man durch richtige Gewohnheit erfolgreicher und glücklicher werden kann.

Er sagte zwar: „wenn du starke Willen hast, dann musst du den Weg nicht wissen. Der Weg zum Erfolg kommt von alleine." Dennoch würde ich gerne schreiben, was er fürs Leben von Stephen Covey gelernt hat.

Er sagte, dass der Mensch zwischen zwei Kreisen ist. Der eine Kreis heißt „Circle of Influence (Kreis des Einflusses)" und der andere heißt Circle of Concern (Kreis der Sorge). Er zeigte mir, dass die Kreise antiproportional zueinanderstehen und wollte von mir, dass mein Kreis der Sorge möglich klein und der Kreis, was ich beeinflussen kann, möglich groß ist. Er gab mir erst dieses Bild:

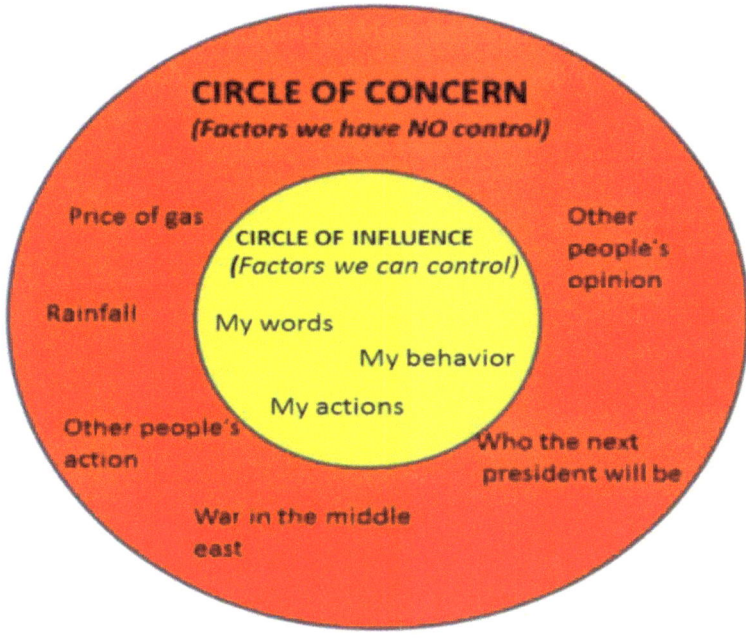

Abbildung 4: Circle of Influence and Concern

Er wollte unbedingt, dass ich mich in dem Kreis bewege, den ich auch beeinflussen kann. Es gab in Syrien Krieg und die Studenten redeten darüber und manche gingen zu Demos statt zu studieren. Er kümmerte sich nicht, was in Syrien passierte. Er wusste, warum er aus Kathmandu nach Darmstadt gekommen ist und wollte immer am Ball bleiben. Er sagte, dass Studienzeit eine wertvolle Zeit ist, wo man sich auf das Studium konzentrieren solle. Er hatte Recht. Je mehr man im Studium über Politik redete, desto mehr verlängerte sich das Studium und manche von ihnen schafften das Studium überhaupt nicht.

Das Bild hang an der Wand über meinem Schreibtisch. Ich versuchte mein Nachbar nicht zu enttäuschen. Dann gab er noch ein anderes Bild und wollte, dass ich es daneben kleben sollte.

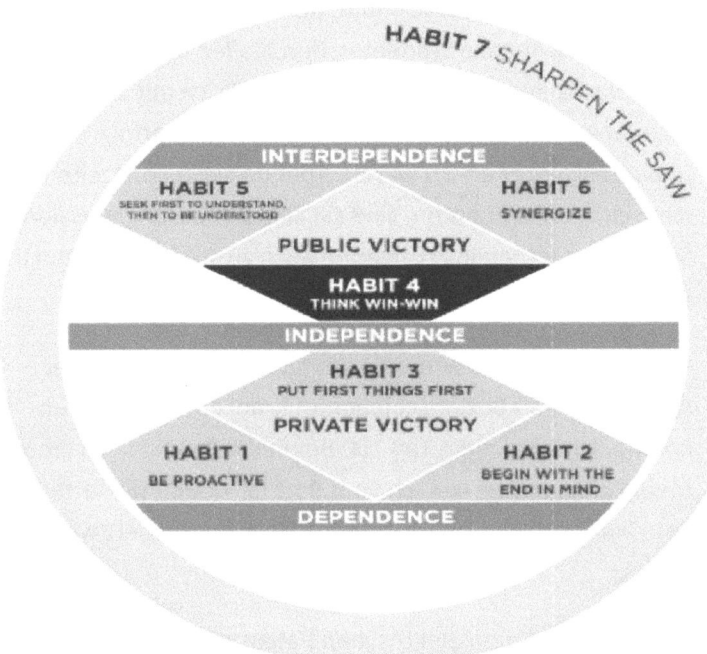

Abbildung 5: habits of highly effective people

Der Sunil erklärte mir, dass es zwei Siege/Erfolge gibt. Der eine hat mit sich selbst zu tun und heißt: privater Erfolg; und der andere hat mit anderen Menschen zu tun und heißt: allgemeiner Erfolg.

Er machte mir deutlich, dass man erst seine Unabhängigkeit durch die ersten drei Gewohnheiten erreichen soll, damit man überhaupt mit anderen Menschen Geschäfte schließen und gemeinsame Projekte planen kann.

Mein Physik Professor Schmidt, der im ersten Semester erst neunzig Prozent alle Studenten durchfallen ließ und dann beim Nachklausur gnädig war, sagte: „als ich mit Studium angefangen habe, gab es viele Studenten, die erfolgreicher und intelligenter als ich waren. Aber da sie in Frustzeiten wie ich nicht lernen könnten, sind sie kein Professor geworden. Sie müssen lernen in Frustzeiten auch zu studieren, wenn ihr kein Befehlsempfänger sein wollen."

Der Sunil zeigte mir den Weg, damit ich mich von meiner Arbeitsstelle als Bettenschieber im Krankenhaus befreien konnte. Ich bekam am Tag 100 Befehle auf mein Smartphone. Meine erste Leiche ließ ich vom Bett fallen und sie hatte nach dem Tod noch ein Schädelbruch, was dokumentiert werden müsste.

Sie müsste aus dem elektrischen Patientenbett in die alte Leichenbahre, damit sie in den kühlen Leichenkeller kommt. Ich hielt die Tote an den Schultern und die kleine dünne Schwester am Bein fest. Für uns beide war die tote Frau sehr schwer zu tragen, da die Toten auch so schwer wiegen. Die tote alte Dame rutschte von meiner Hand auf den Boden, während die kleine dünne Krankenschwester sie am Bein hielt. Die arme Tode Oma müsste wegen mir nochmal leiden, was mich dann auch belastet hat. Zum ersten Mal war ich einer Leiche so nah und gleich ein Unfall. Überall war Blut und zum Glück könnte die Schwester sauber machen und ein anderer Mann kam und half mit. Die kleine Krankenschwester und der starke Mann ohne Angst könnten sie schnell die Oma vom Boden auf die Leichenbahre hochheben und sie in den

Leichenkeller bringen, wo ich später viele Leichen eskortiert habe. Man gewöhnt sich eben an alles. Der persische Sufi und Dichter Saadi sagt: „alles ist schwierig, bevor es leicht wird." Das schieben der Leichen gehört natürlich auch dazu.

I Der private Erfolg

1. Gewohnheit: be proactive (Sei proaktiv)

Ich lernte von Sunil proaktiv zu sein. Ich dürfte nicht mehr reaktive sein. Das heißt: man soll edel sein und sich nicht mehr so wie die unedlen Metalle verhalten. Es ist wohl bekannt, dass die edlen Metalle mit Säure nicht reagieren und die unedlen Metalle mit Säuren reagieren. In unserem Fall ist der Kreis der Sorge wie die Säure. Edle Metalle wie Gold und Kupfer reagieren nicht mit Säure. Dagegen unedle Metalle wie Zink und Eisen reagieren mit Säure und werden zu Salz und Wasserstoff, was nicht unbedingt wertvoll sind. Oft vergessen wir, dass wir die verlorene Zeit nicht mehr zurückdrehen können, wenn wir wie die unedlen Metalle auf Säure reagieren.

Man kann Proaktivität auch von Hunden lernen. Die edlen Jagdhunde oder Schutzhunde lassen sich vom Bellen der Schoßhunde nicht beeinflussen. Sie können differenzieren, was wichtig und was unwichtig ist. Ich denke, dass wir Menschen es auch schaffen können, wenn wir entschlossen sind, proaktiv zu sein.

Ich kannte zwei junge Paare, die von Proaktivität nicht gehört haben. Bei einem war das Mädchen proaktiv und bei dem anderem der Junge. Das erste Paar trennte sich. Der junge wollte sie unbedingt wiedersehen. Sie ging nicht an seine Anrufe und irgendwann nahm sie den Hörer und sagte nur tschüs. Dann legte sie auf und versuchte ihre Arbeit und Hausaufgaben so gut wie möglich zu machen. Am Wochenende ging sie mit Freunde ins Kino. Sie genoss ihr Leben und schrieb auch gute Noten. Der junge dachte schon an sein Grab, ging nicht mehr raus und in der Schule war er auch schlecht geworden. Er konnte gerade so versetzt werden, da er im ersten Halbjahr gute Noten geschrieben hat.

Bei dem anderen Paar war der junge jetzt proaktive. Er hatte viele Beziehungen und lernte schon ganz früh, dass es nichts bringt, wenn man ins Leere grübelt und im Spiegel als grüner Schreck aussieht, da man denkt, dass man nie wieder glücklich sein kann. Er machte mit ihr Schluss, da er einsah, dass sie einen schlechten Charakter hat und er mit ihr in der Zukunft nur noch unglücklich sein könnte. Sie konnte es nicht ertragen. Sie begann Drogen zu nehmen und rauchen. In der Schule wurde sie immer schlechter und schlechter. Sie müsste die Klasse wiederholen.

Wie mein Physik Professor Schmidt erkannt hat, ist das Leben nicht nur aus Paradies. Ich bestand bei ihm auch nicht erste Klausur und sagte ihm vor dem Aufzug, dass ich die Klausur nicht bestanden habe. Daraufhin sagte er: „es gibt wichtigere Dinge im Leben außer die Klausuren zu bestehen." Ich fragte ihn, was das Wichtigste im Leben sei. Er war mittlerweile sehr alt und weise und antwortete: „die Zufriedenheit! Und leider habe ich sie zu spät erkannt."

2. Gewohnheit: begin with the end in Mind (fange erst an, nachdem das Ende gedacht ist)

Sunil erzählte mir oft die Geschichte in der U-Bahn von Stephen Covey, was er wirklich an einem Sonntagmorgen in Newyork erlebt hat. Er war fasziniert von dieser Geschichte. Vielleicht verzieh er durch diese Geschichte jemanden oder hatte andere Farben in den Augen. Irgendetwas müsste in dieser Geschichte sein, weil er mir sie oft erzählte, damit ich endlich mit anderen Augen die Welt und Menschen sehen könnte.

Die Geschichte von Stephen Covey und der U-Bahn:

„Die Passagiere saßen still da, manche lasen Zeitung, andere waren in Gedanken versunken, einige hatten die Augen geschlossen und ruhten sich aus. Es war eine ruhige, friedliche Szene. Dann stieg ein Mann mit seinen Kindern ein. Die Kleinen waren laut und ungestüm, die ganze Stimmung änderte sich abrupt.

Der Mann setzte sich neben mich und machte die Augen zu. Er nahm die Situation offenbar überhaupt nicht wahr. Die Kinder schrien herum, warfen Sachen hin und her, zerrten sogar an den Zeitungen der anderen Fahrgäste. Sie waren sehr störend. Aber der Mann neben mir unternahm nichts.

Es war schwierig, nicht davon irritiert zu sein. Ich konnte nicht fassen, dass er so teilnahmslos war, dass er seine Kinder dermaßen herumtoben ließ und nichts dagegen tat, überhaupt keine Verantwortung übernahm. Es war deutlich, dass sich auch alle anderen in der U-Bahn ärgerten. Mit aus meiner Sicht ungewöhnlicher Geduld und Zurückhaltung sprach ich ihn schließlich an: „Ihre Kinder stören wirklich sehr viele Leute hier. Könnten Sie sie nicht vielleicht etwas mehr unter Kontrolle **bringen.**"

Der Mann hob die Augen, als ob er sich zum ersten Mal der Situation bewusst würde, und sagte leise: „Oh, Sie haben Recht, ich sollte etwas dagegen tun. Wir kommen gerade aus dem Krankenhaus, wo ihre Mutter vor einer Stunde gestorben ist. Ich weiß nicht, was ich denken soll, und die Kinder haben vermutlich auch keine Ahnung, wie sie damit umgehen sollen."

Können Sie sich vorstellen, was ich in dem Augenblick empfand?

Mein Paradigma wechselte. Plötzlich sah ich die Dinge anders, und da ich anders sah, dachte, fühlte und verhielt ich mich auch anders. Mein Ärger löste sich auf. Ich brauchte mich nicht darum zu bemühen, meine Einstellung oder mein Verhalten unter Kontrolle zu halten; mein Herz war von dem Schmerz des Mannes erfüllt. Mitgefühl und Sympathie konnten frei fließen. „Ihre Frau ist gerade gestorben? Oh, das tut mir so leid. Wollen Sie darüber sprechen? Kann ich irgendwie helfen?" Alles veränderte sich in einem kurzen Augenblick."[54]

Vermutlich erzählte mir diese Geschichte so oft, weil ich jemanden nicht vergeben und deswegen nicht lernen konnte. Ich musste aber meine Paradigmen wechseln, da mein Studium und Gesundheit darunter sehr gelitten haben.

In diesem Punkt sollte man wie ein Karawanenführer sein. Das Ende muss im inneren Auge klar sein und man muss wissen, ob man durch die Reise Gewinn oder Verlust macht. Wenn das Ende der Reise Verlust bringt, sollte man die Kamele umsonst nicht müde machen. Und wenn das Ende der Reise Gewinn bringt, sollte man aber dieses Abenteuer wagen.

3. Gewohnheit: put first thing first (mach immer das wichtigste zuerst)

Das wichtigste im Leben von Sunil war das Studium und immer wieder sagte er: „first thing first!", wenn er in den fruchtbaren Morgenstunden sinnlose Sachen machen wollte. Denn es ist bekannt, dass der Stresshormon Cortisol zwischen 6 und 7 Uhr ausgeschüttet wird und die Leistungskurve der Menschen entsprechend zwischen 7 und 13 Uhr am höchsten ist.

---

[54] Stephen R. Covey, 7 Wege zu Effektivität

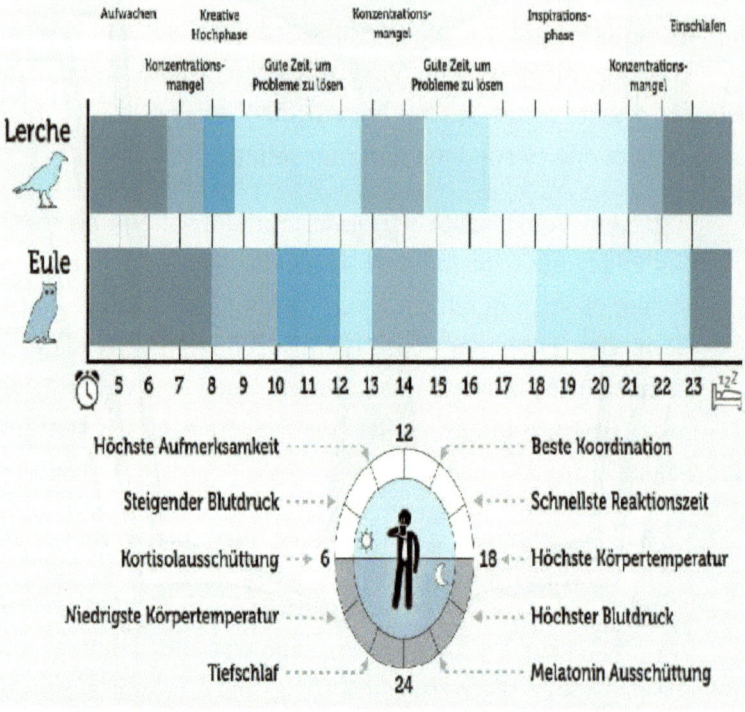

Abbildung 6: Biorhythmus

Die Leistungskurve der Menschen spielt dann verrückt, wenn der Mensch an irgendetwas Spaß hat. Mein Nachbar Theodor könnte am Tag 10 Stunden zocken, was ihm fast seine Menschlichkeit geraubt hat. Er hat sich diese Sucht im Kindesalter angeeignet und wird nie wieder los.

Gott möge alle Kinder beschützen, die schon unbewusst als Sklave der Menschen sind, die hinter den Bildschirm jonglieren. Früher kannte man wenigstens als Sklave seinen Herrn und konnte ihn in die Augen schauen, aber heute macht man unbekannte Menschen reich, indem man sich freiwillig als Sklave verkauft. Mir tut es weh, wenn ich Kinder sehe, die den Menschen im Kindesalter schon dienen, obwohl sie die Freiheit genießen sollten.

Der Sunil wuchs in einem Hause, wo man früh aufstand und Surya Namaskar (Sonnengruß)macht. Dann begann die eigentliche Arbeit. In dem Buch „Steh früh auf" von Carl Ritter aus dem Jahr 1845, gibt es für alles eine Lösung, wenn man nur früh aufsteht. Er schrieb: „wer früh aufsteht, gewinnt Zeit, Kraft, Ruhm und Geld. Er lebt länger, gesünder, rühmlicher, wohlfeiler: folglich zufriedener und glücklicher."[55]

Ich stand dann auch früh auf und machte mit Sunil Surya Namaskar. Wir machten zwar die gleichen Bewegungen, aber unsere Herzen waren verschieden. Im Herzen wusste ich, dass Gott die Sonne erschaffen hat, damit sie mir dient und nicht ich ihr. Weder ich betete die Sonne an noch die Sonne mich oder Sunil. Aber Sunil betete die Sonne an. Das war der Unterschied zwischen uns drei.

Eines morgens bekam ich noch ein letztes Bild von Sunil, das er vom Stephen Covey gelernt hat, damit in mein Leben mehr Ordnung kommt und ich weiß, wann was dran ist.

---

[55] Carl Ritter, steh früh auf! Über den Nutzen des früh aufstehens für die Gesundheit und Geschäfte, Verlag. Quedlinburg u. Leipzig,Basse 1845, S. 5

	Urgent	Not Urgent
Important	I ► Crises ► Pressing problems ► Firefighting ► Major scrap and rework ► Deadline-driven projects	II ► Prevention ► *Production capability* activities ► Relationship building ► Recognizing new opportunities ► Planning ► *Re-creation*
Not Important	III ► Interruptions ► Some calls ► Some mail ► Some reports ► Some meetings ► Proximate pressing matters ► Popular activities ► Some scrap & rework	IV ► Trivia ► Busywork ► Some mail ► Some phone calls ► Time-wasters ► Pleasant activities

Abbildung 7: Zeitmanagement-Matrix

Der Sunil bewegte sich zwischen ersten und zweiten Quadranten. So konnte er alles rechtzeitig schaffen und danach mit mir mit einer Lammkeule am Abend feiern, wenn die Klausur gut verlaufen ist. Ich sah auch viele Studenten, die sich im dritten und vierten Quadranten all zu lange beschäftigten. Dann bekamen sie eine ordentliche Ohrfeige in den Klausuren und danach gab es auch natürlich keine Lammkeule.

II Der öffentliche Erfolg

4. Gewohnheit: Win-Win denken

Zwar sahen Sunil und ich die Sonne mit anderen Augen, aber zusammen müssten wir eine Küche und Bad teilen. Er aß kein

Rindfleisch und ich kein Schwein. So kaufte ich kein Rindfleisch und er kein Schwein. Wir könnten dann ohne Probleme gemeinsam kochen und essen.

Ich fragte ihn, warum er kein Rindfleisch aß. Er antwortete, dass das Geldgötze auf dem Rücken der Rinder reite und man arm wird, wenn man sie isst. Er fragte mich, warum wir Moslem kein Schwein essen. Ich sagte erst zum Spaß: „wir lieben die Schweine und sie bringen Glück. Und wenn wir sie essen, kriegen wir Pech." Dann sagte ich ihm, dass es in der Bibel und im Koran steht, dass man kein Schwein essen darf, da sie das Tier für unrein halten. Dabei aßen wir Hähnchen wie unsere chinesische Nachbarin, die ein Suppenhuhn kauft und es für eine ganze Woche mal mit Brot und mal mit Nudel isst. Sie war eine große Frugalistin, die zwar mit 50 Euro im Monat auskam aber wahrscheinlich nicht so langen leben könnte. Win Win war für sie bedeutungslos. Sie machte niemanden die Tür auf und außer Studieren machte sie auch nicht viel. Dennoch war sie nicht die beste Studentin.

Jede Symbiose basiert auch auf win win Prinzip. Das können wir von der Natur lernen. So werden auch die Raben mit Wölfen zu Freunden. Sie finden in der Wildnis den Kadaver und rufen den bösen Wolf, damit sie mit ihrem scharfen Zähnen den Kadaver öffnen und sie gemeinsam freundlich fressen können. Das zeigt schon, dass die Tiere sich untereinander verständigen können.

Der Mensch fragt man sich oft, was habe ich davon, wenn ich ihm helfe. Viele von uns wollen sofort belohnt werden, ohne zu wissen, dass Vieles, was passiert, die Zukunft mitgestaltet.

Es ist wie ein Wolfswelpe, den man auf der Autobahn findet und vor dem Verhungern rettet. Dann zieht man den Welpe groß und lässt ihn wieder frei und wenn man im Wald in Not ist, hat man einen guten Freund.

5. Gewohnheit: erst verstehen und verstanden werden

Der Sunil redete nicht viel, sondern er arbeitete viel. So hatte keine Zeit für dumme Auseinandersetzungen. Denn wer viel redet, hat auch sehr viele Probleme, da man sich auch mal missversteht oder vulnerabel wird und den Tag vermasselt.

Manchmal kann man einige Menschen nicht verstehen. Es ist vielleicht etwas in der Kindheit passiert oder er hat Sehnsüchte, die er nicht stillen kann und deswegen innerlich sich klein fühlt und andere klein machen will. Bei so was ist der beste Freund das Herz. Man muss das Herz fragen, ob man ihn verstehen und von ihm verstanden werden will. Oft ist besser, wenn man die Tür rechtzeitig zumacht. Vor allem wenn der Mensch merkt, dass man sich bei ihm oder ihr nicht gut fühlt. Wir verstehen es nicht und vielleicht können wir nicht in Worte fassen. Aber unser Herz warnt uns. Das soll man sehr ernst nehmen. Es ist nicht nur ein Organ, dass rund um die Uhr arbeitet, sondern auch die Stelle, wo es 40.000 Neuronen gibt, die mit dem Gehirn und anderen Menschen kommunizieren kann.

Ich konnte Theodor überhaupt nicht verstehen. Wie kann man denn einen Menschen verstehen, wenn er am Tag 10 Stunden vor dem Computer sitzt und spielt? Wir leben zurzeit in einer Welt, wo die Menschlichkeit am Wert sehr verloren hat. Wenn die Menschlichkeit bei einem Menschen nicht existiert, wie soll man ihn verstehen und von ihm verstanden werden.

Ich und Sunil lebten fast 3 Jahre zusammen und hatten nie einen Streit. Dann kam der Master Student Ahmet aus Syrien und wir hatten immer Streit. Er sah mich nicht als Nachbar, sondern als ein Objekt von dem man deutsch lernen kann. Ich machte dasselbe mit ihm und lernte arabisch von ihm. Also win win!

6. Gewohnheit: Synergien schaffen

Als der Sunil frisch aus Nepal nach Deutschland kam, arbeitete unermüdlich für die Klausuren. Er bekam aber im ersten Semester nicht die erwünschte Note 1.0. Er merkte, dass er den Punkt Synergie im Studium doch brauche, um seine beste Leistung zu geben.

Synergie entsteht aber, wenn die Personen sich mögen und aufeinander vertrauen. Ohne Liebe und Vertrauen kann es meistens zwischen den Menschen nur Krach und Missverständnisse geben.

Aristoteles sagt: „das ganze ist mehr als die Summe seiner Teile." Das stimmt. Man wird dann ein anderer Mensch, wenn man einen alten Freund trifft, bei dem man aus irgendeinem Grund mehr lacht und Freude empfindet als bei den anderen Menschen.

Die Studienabbrecherin Laura war mit einem jungen deutschen Mann zusammen, der in Chemie promovierte. Er hatte einen türkischen Kumpel, mit dem er studiert hat und sich so gut mit ihm verstand. Sie waren schon seit ihrer Kindheit immer zusammen und zusammen waren sie mehr als Brüder. Sie war eifersüchtig auf die beiden und wollte sie trennen. Sie setzte ein Ultimatum entweder mit dem Türken wegzugehen oder bei ihr zu bleiben. Er beendete die Beziehung mit ihr und so konnte er mit seinem Kumpel weiter promovieren. Er wusste, dass die Beziehung mit seinem türkischen Freund für seine Zukunft besser als Sex mit Laura war. So leicht trennt man sich heute. Er hat seine Promotion abgeschlossen und die Laura arbeitete die ganze Nacht in einer Kneipe, wo der indische Ladenbesitzer wegen seiner Alkoholsucht alles ihr machen ließ.

III Erneuerung

7. Gewohnheit: die Säge schärfen

Der Sunil schärfte jeden Tag seine Schärfe. Erst Yoga und dann ein wenig Meditation. Er meinte, dass man erst seine Energie loswerden soll, damit man meditieren kann. Er war stolz auf sein Yoga und sagte, dass man durch Yoga den Geist und Körper vereint und dadurch man alle Menschen und Tiere lieben kann. Er sagte, dass man spirituell wird, wenn Körper und Geist sich vereinen.

Ich dachte eine weile über Spiritualität. Dann hatte ich Hunger und ging zu einem Dönerladen. Auf dem Weg sah ich einen seelisch kranken und obdachlosen Bettler, der über

Gott redete. Wir redeten eine Weile über Gott und kam zu uns eine alte Dame, die eine pensionierte Psychiaterin aus Frankfurt ist. Sie redete mit uns und sagte, dass jede Heilung spirituell ist und Kränkungen krank machen. Und fügte hinzu, dass wir Liebeswesen sind wir uns selbst und die anderen liebevoll behandeln müssen.

Ich fragte Sie: „was bedeutet „jede Heilung ist spirituell?""

Sie sagte: „Wir sind ein Teil des Universums und wenn eine schöne Sache betrachtet und es mit Universum oder Gott verbindet, ist man spirituell. Wenn man so lebt, schrumpfen auch die Probleme.

Dann sagte sie, bevor sie geht: „es gibt mehr Dinge zwischen Himmel und Erde als die Schulweisheit. Wir sind nur Gast auf der Welt. Wir können nur begrenzt begreifen. Also schaut immer auf die helle Seite des Lebens und wisse, was gut und schlecht für euch ist. Sei immer dankbar und achtsam! Und freut euch, wenn ihr heute keine Zahnschmerzen habt."

Prophet Mohammed sagte, dass ein schönes Wort auch Almosen ist. Ich denke, dass sie ihm und mir das beste Almosen gegeben hat. Ich war nicht so weise wie Sie und fragte ihn, ob er Hunger hat und auch einen Döner haben will, damit ich ihm auch Almosen geben dürfte. Zu meinem Glück bejahte er und ich kaufte für ihn auch einen Döner und Ayran. Er bedankte sich und sagte mir wie ein Prophet: „das Gebet ist die Zukunft!"

Am nächsten Tag machte ich zusammen mit Sunil Yoga und es begann immer mit einem Om und dabei sollte man an seine Nabel denken. Dann machten wir Atem- und Dehnübungen zusammen. Als letztes machten wir Surya Namaskar. Er sagte, dass es genug wäre, wenn man 10 Mal die Sonne grüßt, um fit zu sein.

Der Sunil gab mir auch oft das Beispiel von einem sturen Mann, der mit einer unscharfen Säge einen Baum fällen will. Er denkt nicht seine Säge zu schärfen, damit er schnell mit seiner Arbeit fertig wird. Er schuftet und die Arbeit wird immer unerträglicher, da die Säge immer stumpfer wird.

Stephen Covey ratet uns, dass wir uns physisch, mental, Spirituell und Sozial/Emotional fit halten sollen, damit wir diese 7 Gewohnheiten gut meistern können.

Der Sunil las das Buch von Stephen Covey über 7 Wege zur Effektivität und nahm auch an den Seminaren Teil, damit er diese Gewohnheiten aneignen kann. Dank dieser Gewohnheiten machte er Master in Elektrotechnik in TU-Darmstadt und dann promovierte in Belgien. Jetzt lebt und arbeitet in seiner Heimatsstadt Kathmandu.

Das Gedicht des Erfolges:

Erfolg war schon immer da.
Dafür musst du nur hingehen in den Basar.
Nur so viel liegt es in deiner Hand.
Der Rest ist Gottes Güte und Großzügigkeit.

Noch ein kleines, aber wichtiges Geheimnis für den Erfolg:

Der Teufel und das Ego sind deine Feinde und sie haben wirklich nicht und niemals vor, deine Freunde zu werden. So nimm sie dir auch zu Feinden. Sie wollen dich am besten K.o. schlagen und dafür tun sie alles, was sie können.

Viele von uns werden jeden Tag von ihnen K.o. geschlagen ohne zu merken. Der Teufel und das Ego wollen, dass du am besten bis zum Hals isst, damit du dich ja nicht von der Stelle bewegen kannst und so müde bist, dass du anfängst zu gähnen und zu schlafen. In diesem Zustand kann man unmöglich physisch gegen Feinde kämpfen, auch wenn man Mohammed Ali ist; man kann natürlich auch nicht geistig gegen das Ego und den Teufel kämpfen, die das Leben der Menschen auf der Erde versauen wollen.

So liegt ein wesentliches Geheimnis des irdischen und himmlischen Erfolges in Unterbindung der Essgewohnheiten, indem man der Herr seinen Willen wird und sich nicht wie eine Marionette von Teufel und Ego benutzen lässt.

Man muss auch wissen, dass der Erfolg von Gott kommt und das Ego und der Teufel auch der Feind Gottes sind. Und wie soll Gott dir helfen, wenn du auf der Seite seiner Feinde stehst?

Allein auf Gott zu vertrauen ist neben wenig Essen ein sehr wichtiges Geheimnis auf dem Weg zu Erfolg. Das lernen wir auch in den biblischen Geschichten. Man kann sagen, dass man von Allem enttäuscht wird, wo man außer Gott Hilfe gesucht hat.

Prophet Joseph vertraute auf seine Brüder und dachte, dass die zehn älteren und großen Brüder ihn gegen jeden Feind beschützen würden. Und es dauerte nicht lange, dass sie ihn umbringen wollten, da sie nicht wollten, dass er der Nachfolger von Prophet Jakob wird.

Prophet Joseph sollte wenige Jahre im Gefängnis bleiben. Aufgrund seiner Traumdeutung wusste er, dass der Weinschenker wieder bei seinem Herrn arbeiten werden würde. Er sagte dem freiwerdenden Häftling, dass er ihn bei Pharao erwähnen soll, damit er vielleicht schneller aus dem Gefängnis rauskommt. So müsste er sieben Jahre länger im Gefängnis bleiben.

Gott hat sich nicht verändert und wird sich auch nie verändern. Hilfe bei anderen Menschen zu suchen macht das Leben nur schwerer und das Erreichen des Zieles länger.

5 Kinder der Liebe

Wir haben erfahren, was den Kindern in zweiten Weltkrieg passiert ist und in den Kriegen den Kindern angetan wird. Es gibt aber auch eine dunkele Seite unserer Zeit, wo die Menschen nicht sehen und wenn sie hören nicht darauf reagieren und nichts unternehmen. Eine glückliche Kindheit ist die Basis und das Fundament für das ganze Volk, damit die ganze Gesellschaft glücklich leben kann. Wir können es schaffen, dass all die Kinder glückliche Kindheit haben.

Manche Dinge können wir nicht verändern. Aber was wir verändern können, müssten wir uns dafür einsetzen.

Wir haben das Internet entwickelt und so die ganze Welt miteinander vernetzt. Leider gibt es so viele Mauselöcher, die zugemacht werden müssen oder nicht entstehen dürfen, da die Gesellschaft darunter leiden wird. Das größte Mauseloch ist das, was man mit den Kindern antun, was wir unbedingt für alle Zeiten zumachen müssen, damit die Kinder in der digitalen Welt verschont bleiben.

Es ist nicht leicht darüber zu schreiben. Wie könnte man über Menschen und ihre Geschäfte schreiben, die den Kindern ihre Infantilität berauben. Es gibt eben pädophile Schweine, die den Bauchdienern das Zahnrad drehen. Sie verdienen mehr als 10 Milliarden Euro, während wir schlafen und unser Netz nicht schützen können. Viele Schäfer wollen mit Schafhaltung aufhören, da der Wolf gekommen und sie ihn nicht schießen dürfen und auch so nicht wissen, wie sie mit dem Wolf umgehen können. Viele Schafe werden gerissen und die anderen Schafe, die diese Bestialität erlebt haben, können in diesen Plätzen nicht mehr ruhig grasen. Wir sind da auch nicht verschieden. Aus diesem Grund dürfte in keiner Schule weder körperliche noch verbale Gewalt geben, da die Kinder sensibler als die Schafe sind. Deswegen müsste jede Schule Mobbingfrei sein, damit die Kinder richtig lernen können und später ihren Traumberuf ausüben, was ihnen Spaß macht.

Ich wurde von der vierten bis 8 Klasse gemobbt und war immer einer die schlechtesten Schüler in der ganzen Schule. Dann hörte ich mit der Schule auf und ging ein Jahr bei meinem Vater arbeiten. Dann sah ich Kinder, wenn sie aus der Schule kamen und wie sie im Schulhof spielten. Ich musste immer arbeiten. Dann entsteht in meinem Herzen ein Drang in die Schule zu gehen, um zu lernen und später was zu werden. Jeder sagte, dass es aus mir nichts werden könne. Sie hatten vielleicht Recht. Ich bekam ja immer schlechte Noten und die Lehrer beschwerten sich oft bei meinen Eltern, da ich so ein Bengel war und mich nicht für die Schule interessierte.

Nach ein Jahr Pause fing ich mit der neunten Klasse an und ich bekam die besten Noten und war einer der besten Schüler der Schule. Keiner mobbte mich und die Schule war für mich ein Platz der Liebe. Und nach fünf monatigen Intensiven Lernen konnte ich Matheaufgaben im Traum lösen, wenn ich die Aufgaben davor nicht lösen konnte.

Heute müssen die Kinder sowohl in der Schule als auch in der digitalen Welt geschützt sein, damit sie kein Opfer werden und ihre Zukunft vermasseln.

Meine Nachbarin Carolin, die an der Hochschule Darmstadt Informatik studiert hat und beim Polizeipräsidium arbeitete, müsste lauter solche Delikte untersuchen, wo es danach nicht so gut ging. Sie fing dann mit Karate an, da sie so viele Schlimme Dinge sehen müsste, was sie nicht so leicht verarbeiten könnte.

Das Internet kann man auch wie ein Bus vorstellen. Wir fahren mit dem gleichen Bus mit Kindern und in dem Bus passieren schlimme Dinge und keiner steht auf und sagt was. Was ist das denn für ein Moral? Es gibt auch ein

Internetmoral, das auch eingehalten werden müsste, damit die Kinder in Liebe aufwachsen können, was heute eingehalten werden müsste.

Kinder – Opfer im Sex-Geschäft

1,2 Millionen Kinder werden jedes Jahr wie Ware verkauft

1,8 Millionen Kinder werden zu Prostitution und Pornografie gezwungen

150 Millionen Mädchen und 73 Millionen Jungen werden pro Jahr Opfer sexueller Gewalt

Bereits 2003 waren schätzungsweise 3 Millionen kinderpornografische Bilder im Internet abrufbar

Allein in Südafrika prostituieren sich rund 30.000 Kinder, die Hälfte von ihnen ist jünger als 14

12 Milliarden US-Dollar werden pro Jahr mit Kinderprostitution und -pornografie umgesetzt

Abbildung 8: Kinder-Opfer im Sex Geschäft

Das Bild zeigt, dass alles schon aus den Fugen geraten ist und es die höchste Zeit ist, dass wir was dagegen unternehmen. Wir müssen etwas tun, damit das spirituelle Gleichgewicht wieder in Ordnung wird. Denn das ist das Innere des Universums und wenn das innere nicht stimmt, wird das Äußere irgendwann aus dem Gleichgewicht kommen. Bei einem Lebewesen kann man es recht gut beobachten. Wenn man innerlich leidet und das innere Gleichgewicht aus den Fugen gerät, wird man auf Dauer krank. Krankheit ist das Zeichen, dass das Innere in der Vergangenheit nicht in Ordnung war.

Ich habe viele Demos gesehen, wo die Menschen sich zusammengeschlossen haben und gegen Armut, Mehr Lohn und für Flüchtlinge demonstriert haben. Aber leider habe ich noch nie Demos gesehen, wo die Menschen gegen Kinderausbeutung demonstriert haben. Und wenn es so was gibt, dann ist es so selten, dass man davon fast gar nicht mitbekommt.

Die Liebe ist sicherlich einer der größten Kräfte im Universum. Man kann sogar beobachten, dass das Reiskorn mit der Liebe viel besser gedeiht und mit dem Hass langsam stirbt. Der Mensch ist etwas sensibler. Ihm muss man gar nicht sagen. Er fühlt schon die Vibration in den Herzen. So wird er entweder munter oder traurig, ohne dass man ihm ein Wort sagen muss.

Wer liebt, kommt an sein Ziel. Mit dem Hass passiert wiederum das Gegenteil. Und wo Hass ist, ist die Geburt der Krankheit nicht fern. Es ist wie ein Loch, wo die Engel nicht rein dürfen und der Mensch langsam zerfressen wird, bis er sich selber zerstört. Wenn man erkennt, wie schlimm der Hass ist, dann kann man versuchen den Kindern beizubringen, dass alle Menschen gleich sind und wie wichtig das Herz ist, damit zwischen den Menschen kein Hass und Rassismus entsteht.

Es gibt auch Sonderfälle wie Adolf Hitler, da bei ihm die Kindheit total unmenschlich verlaufen ist. Der Vater war Alkoholiker und schlug ihn, damit er für das harte Leben gut vorbereitet ist. Adolf Hitler wurde als Kind misshandelt und ich denke, dass er nicht im Stande sein könnte jemandem weh zu tun, wenn er vom Vater, Mutter und in der Schule von Lehrern und Mitschülern genug Liebe und Zuneigung bekommen hätte.

5.1 Scheidungskinder und Scheidungsmänner

Ich traf im Krankenhaus einen persischen Scheidungsmann, der Selbstmord begangen hat und zum Glück der Versuch gescheitert ist. Er litt unter dem Schmerz der Scheidung so sehr, dass er nicht mehr leben wollte. Seine Frau und Kinder wollten ihn auch nicht mehr sehen.

Er sagte unter seinem Schmerz, dass es drei Rechte gäbe, die der Mensch beachten solle. Als erstes solle der Mensch die Rechte gegenüber Gott nicht verletzen und dann die Rechte der Menschen und als letztes die Rechte seines eigenen Egos.

Ich fragte ihn, welche Rechte er nicht verletzt hat. Lachend sagte er: „ich hatte keine Zeit darüber nachzudenken. Aber wenn ich schon so elend da bin, muss ich alle Rechte verletzt haben."

Es gibt leider Millionen Männer, die in einer kleinen Wohnung getrennt von seinen Kindern und Frauen leben und leiden.

Viele suchen dann wieder nach einer neuen Liebe ohne Erfolg. Die Natur ist eben zu hart, wenn man nicht mehr jugendlichen Körper und Temperament hat. Die Frauen wollen instinktiv keine älteren Männer mit Bierbauch. Denn der Baumumfang ist einer der entscheidendsten Faktoren für alle Krankheiten.

Es gibt auch Millionen Kinder, die ihre Mütter und Väter vermissen, da ein Teil bei ihnen fehlt, und zwar aufgrund der Scheidung. Scheidungsrate steigt, je mehr man sich von Bibel, Thora und Koran entfernt und lebt, als ob keinen Gott und Tod gäbe. Scheidungen werden auch immer mehr, wenn im Mittelpunkt eines Hauses das Geld ist und die Menschen von Geld aus regiert werden. Viele von uns werden extrem glücklich, wenn wir eine Lohnerhöhung haben oder ein wenig Geld gewinnen. Und das spiegelt sich zu Hause weiter. Wenn für uns aber das Herz gewinnen wichtig wäre und wir das Herz immer lebendig halten würden, wären wir glücklicher und es gäbe auch weniger Scheidungskinder, was für die ganze Familie gut ist.

Im Krankenhaus sah mich mein Software Professor beim Arbeiten. Ganz traditionell schob ich die Krankenbetten. Nachdem ich den alten Patienten zum Röntgen gebracht hab, kam ich wieder zurück und er wartete immer noch im Wartebereich vor Notaufnahme. Sein Sohn war krank und verbrachte die Zeit bei seinem Vater, indem er das Buch Katze und Maus von Günter Grass las. Ich redete mit meinem Professor und er sagte mir, dass diesen Job früher die Pferde machten. Er verglich mich mit einem Pferd, was mich aber nicht verletzt hat, da ich Pferde und alle anderen Tiere liebe. Mir ist nur aufgefallen, dass der Junge sich hinter dem Buch versteckte und alles andere ignorierte. Ich redete mit seinem Vater und er tat so, als ob weder ich noch sein Vater da war.

Mir kommt vor, dass unsere Spiegelneuronen auch die Roboter nachahmen können. Und je weniger wir menschliche Kontakte haben, desto schlechter werden unser Mitgefühl, Verständnis, Kommunikationsfähigkeit etc.

Aufgrund des Kommunikationsdefizit der Eltern leiden auch Millionen Kinder, da sie sich ständig missverstehen, streiten und schließlich trennen. Manche Kinder leiden dann sehr und sehnen nachts den Vater zu sehen, auch wenn sie noch nicht sprechen können. Als Eltern sollte man die Scheidungszeit so lange verzögern, wie es möglich ist. Den Kindern zu Liebe soll man entweder seine bösen Triebe zähmen oder ein Zeitlang Medikamente wie Antidepressiva nehmen, um die Familie zu retten. Denn der Mensch verändert sich wie ein Baum, der jedes Jahr noch einen Ring dazu bekommt. Außerdem wird der Mensch mit der Zeit milder und verzeihender, auch wenn er mit 70 die geistige Reife noch nicht erlangt hat. Das ist unser Problem. Jeder erlangt die Körperliche Reife aber die geistige Reife vernachlässigen wir und denken, dass es wie der Körper von alleine wächst, gedeiht und Früchte trägt. Das war nie der Fall und wird auch nie sein.

Wenn Antidepressiva nicht helfen, dann soll man für die Frau zwei Abessinier Kitten und für den Mann zwei belgischer Schäferhund Welpen kaufen, die der Familie so viel Zeit und Energie kosten werden, dass man keine Zeit mehr für

Streitereien finden wird. Die Kinder werden auch glücklich. Und vielleicht liebt man sich wieder und streitet weniger, da die Energie woanders fließen wird. Man kann natürlich auch zu den Plätzen gehen, wo man sich verliebt hat und gute Erinnerungen hatte, damit die Emotionen sich verbessern.

Man muss auch den inneren Dialog gut beobachten. Denn der innere Dialog ist das Medium, was der Teufel benutzt, den Mensch und die Familie zu zerstören. Nicht die Ehefrau oder der Ehemann ist meistens schuld, sondern der Teufel, der uns beim inneren Dialog in die irre führt, damit wir leiden. Denn unser Leid ist seine Freude so wie unsere Scheidung seine Hochzeit ist, was wir schon erwähnt haben.

Der innere Dialog ist ein sehr mächtiges Instrument, was uns zu Fluch oder Segen sein wird. Wenn ein innerer Dialog sich wiederholt und eine Schleife in Gedanken bildet, die einen Menschen zu schlechten Handlungen führt, dann soll man auf der Hut sein und verinnerlichen, dass man einen unerwünschten Besuch bekommen hat.

Diese Gedankenschleife kann einen Menschen den Verstand nehmen und der Mensch wird etwas tun, was er sehr bereuen wird, was der Teufel sehr glücklich macht.

Durch inneren Dialog kann man sich sogar krank machen und ein Leben lang leiden. Sobald der innere Dialog sich wiederholt und unschön wird, muss man Abstand von seinem inneren Dialog nehmen.

Die Ursache, dass man das Selbstbewusstsein verliert, hängt oft vom inneren Dialog ab. Es gibt zahlreiche gute Dinge, die man verbessern und verhindern kann, wenn man den inneren Dialog zu seinen Gunsten wenden kann.

Derek Chauvin müsste jetzt nicht im Knast sein und seine Frau hätte sich auch nicht von ihm geschieden, wenn er seinen inneren Dialog kontrollieren könnte. Es hätte gereicht, wenn der innere Dialog mit ihm über Gott und Liebe geredet hätte.

Wenn man Sklave dem inneren Dialog wird, kann alles passieren. Denn innere Dialog ist mal in der Hand der Engel. Man bekommt dann schöne Inspirationen. Dann ist der innere Dialog in der Hand des Teufels, weil man z.B. viel zu viel gegessen hat. In dem Fall bekommt man etwas, was sich selbst und den anderen Leid bringen kann, wenn man sie befolgt. Das Ego gibt es ja auch noch.

Mir wurde etwas über jemanden erzählt. Ein Mann hätte ihn sehr beleidigt. Und jedes Mal, wenn er was Schlechtes ihm sagte, antworte er mit liebevollen Worten. Dann ging er weg und seine Freunde fragten ihn, warum er ihn nicht beleidigt hat. Er sagte: „sein inneres ist schlecht, so dass aus ihm nur schlechtes rauskommt und in mir gibt es nichts Schlechtes, was rauskommen könnte."

Man kann durch die Geschichte erkennen, dass der innere Dialog nur gut wird, wenn das Herz die Farbe der Liebe und der Schönheit annimmt und nicht die Farbe des Hasses und der Hässlichkeit. Der fass kann auch nur tropfen, was in ihm ist und nicht anderes. So ist es auch bei Menschen.

Und wenn das Innere der Eltern mit Liebe befüllt sind, so werden die Kinder am besten ernährt und großgezogen.

6 Rassismus

Ich erlebte Rassismus erst in der zehnten Klasse. Nach der achten Klasse machte ich ein Jahr Pause und habe ein Jahr gearbeitet. Dann fing ich wieder mit der Schule an und ging in die neunte Klasse, wo ich nur gelernt und Sport gemacht habe, da ich durch Entfernung der Schule gelernt habe, wie wertvoll die Schule doch ist. Innerlich wüsste ich auch, was am Ende passieren würde, wenn ich weiter nicht gelernt hätte. Dann müsste ich wieder hart arbeiten und es war nicht schön von morgens bis abends zu arbeiten, während die anderen Kinder in meinem Alter viel mehr Freizeit hatten als ich.

Ich hatte bis dahin noch keine Freundin. Ich wollte eigentlich auch keine, obwohl ich früher eine Freundin gerne hätte, da ich mich jetzt für die Schule konzentrieren wollte.

Mittlerweile war ich berühmt in der Schule. Viele Mädchen kamen in der Pause zu mir und stellten Fragen und ich konnte alle beantworten. Dann interessierte sich ein Mädchen namens Pinar für mich. Sie kam in Deutschland zur Welt und ging auch in Deutschland bis zur 8 Klassen. Dann wollten ihre Eltern Deutschland für immer verlassen und sie müsste natürlich mit in die Türkei. Sie war wie eine bunte deutsche Edelziege unter Rhönschafen. Sie wollte wie eine Ziege in der Raufe oder auf dem Heuballen tanzen und sich bedienen, während die Schafe sehr genügsam und ruhig an den Raufen sind, wenn die Essenzeit gekommen ist.

Ich half ihr gerne und ein paar Mal war ich auch bei ihr zu Hause, weil sie lieber zu Hause mit mir lernen wollte. Ich habe gar nichts gemerkt, dass sie sich in mich verliebt hat. Dann wollte sie mit mir zusammen sein. Ich sagte natürlich ja und wir waren zusammen, obwohl ich davon keine Ahnung hatte. Davor war ich ein Tag mit dem Lehrmädchen der Friseurin zusammen. Aber da lernte ich auch nicht so schnell, was Liebe ist. Heute weiß ich, dass die Liebe nur ein einfaches und infantiles Warten vor dem Fenster der Geliebten ist, ohne dass man irgendetwas erwartet. Wenn man etwas erwartet, wird es eben keine Liebe. Und wenn man dabei nicht brennt und verschwindet, bis nur der Geliebte bleibt, kann man auch nicht von Liebe sprechen.

Viele Schüler sagten mir, dass ich mit dem schönsten Mädchen der Schule zusammen bin, da sie von mir nicht erwarteten, dass sie mit mir zusammen sein würde. Für viele war sie unerreichbar und so ist sie für sie auch geblieben. Das war auch gut so, da sie sonst wahrscheinlich mehr gelitten als ich. Mit ihr war ich dann zwei Wochen zusammen. Das war's dann auch. Dann wurde mir gesagt, dass sie Hand in Hand mit ihrem Exfreund wegging. Mehr wusste ich auch nicht. Danach konnte ich zwei Wochen nicht essen und der Sommerferien war auch miserabel.

Bis dahin hatte ich kein Rassismus erlebt. Dann kam ich in die zehnte Klasse, wo die Schüler in naturwissenschaftlichen Fächern besser waren. Wir waren drei Kurden in der Klasse. Ich konnte kurdisch verstehen aber nicht so gut sprechen und bei den zwei Kurden in der Klasse waren es anders. Sie wollten lieber miteinander kurdisch sprechen. Es gab in der Klasse ein rassistisch orientierter Hetzer namens Muzaffer, der nicht wollte, dass in der Klasse kurdisch gesprochen wird.

Wir waren ca. 30 Schüler in der Klasse und ich habe mich mit ihm gestritten. Er war sehr verletzend und sagte mir mit höhnischer Stimme, dass in Bordell nur die kurdischen Frauen arbeiten würden. Heute merke ich aus dieser Verletzung gar nicht. Die Zeit heilt wirklich. Ich merke nur, dass mein Hippocampus für diesen Blödmann viel zu viel Tinte verschwendet hat, da ich seinen Name nach 20 Jahren immer noch nicht vergessen habe. Es war auch schön zu erleben, dass die anderen Türken auf seine Hetze nicht hineingefallen sind und ihm die Faust zeigten, wenn er mich noch mal so bleidigen und den anderen Kurden die Sprache verbieten würde.

Bis ich den Muzaffer kennen lernte, wusste ich nicht, ob andere Rassen oder Nationen gibt oder nicht. Dass es Menschen geben könnte, die Rassisten sein könnten, war mir nicht klar, bis ich diesen Jungen getroffen habe. Er wäre wahrscheinlich kein Rassist gewesen, wenn er die Fähigkeit hätte, zu wissen, wie meine Lieblingsschafrasse Assaf in Israel entstanden ist.

Die jüdischen Eissiedler brachten unsere deutsche Ostfriesische Milchschafe nach Israel und kreuzten sie mit den einheimischen Schafrasse Awassi, und zwar so , dass drei Achtel die Gene vom ostfriesischen Milchschafen und fünf Achtel die Gene vom Awassi Schafen stammten, da diese Kombination der Gene die beste Mischung war. So einfach entstand eine neue Rasse, die weder nach Awassi noch dem Ostfriesischem Milchschaf ähnelte.

Dank dieses schrägen Typen lernte ich, dass es andere Völker gibt, die anders sein könnten als andere. Ich legte nicht so großen Wert auf meine Volkszugehörigkeit oder auf meine Muttersprache. Sie waren mir egal. Ich fragte auch niemanden, woher er kommt und ob er Türke, Kurde oder sonst was sei. Es war mir egal. Ich lebte ohne Vorurteile und meine Musiklehrerin sagte jedes Mal, wenn Sie mich sieht: „Aha, das lachende Gesicht kommt wieder!"

Wegen so einem Menschen, der nicht mal versteht, wie eine Schafrasse entsteht, könnte ich doch nicht meine ganze Denkweise ändern. Ich blieb einfach weiter zu denken, dass alle Menschen miteinander verwandt und Freunde sind. Denn für mich ist es falsch zu denken, dass man einem Volk gehört und dieses Volk folgen sollte. Es ist doch viel besser, wenn die Völker gemeinsam ein einziges Volk folgen würden, das in der Welt am meisten erfolgreich und glücklich sind. Diese Mentalität könnte auch der Schlüssel für Flüchtlingskrise in der Welt sein.

Heute erlebe ich Rassismus in Deutschland, nachdem so viele Flüchtlinge im Jahr 2015 ins Land kamen. So kam auch Afd im

Deutschen Bundestag. Ein Freund von mir ist auch für Afd. Er ist gegen Ausländer und will trotzdem die stärkste Partei im Bundestag sein. Ich gab ihm den Tipp dafür zu plädieren, dass sie noch eine Million Flüchtlinge aufnehmen würden. So wären sie auf jeden Fall die stärkste Partei in Deutschland. Wir lachten. Schließlich sind wir doch Freunde und verstehen ein wenig von Humor.

Was wird aber passieren, wenn die Ausländerfeindlichkeit sich in Deutschland sehr spitzt? Wer soll in den Spargelfelder arbeiten und wie soll es den alten Menschen in Deutschland gehen, die von ausländischen Kräften zu Hause und im Krankenhaus betreut und gepflegt werden? Das sind nur zwei Branche, die ins Auge stechen. Eigentlich wird es in allen Branchen in Deutschland Ausländer gebraucht.

Es ist vielen Menschen nicht klar, dass das Gesundheitssystem und viele anderen Branche zusammenbrechen würden, wenn die ausländischen Kräfte nicht mit anpacken würden. Viele Familien und Unternehmen sind froh, dass überhaupt Menschen gibt, die ihre Familien verlassen, damit sie die Familienangehörigen in Deutschland pflegen können, die nicht mehr in der Lage sind, ihre Socken etc. alleine zu ziehen.

Manche Menschen denken, dass sie Deutschland retten zu müssen, da ihrer Meinung nach Deutschland sich abschafft. Aber Deutschland schafft sich nicht und wird von jedem Land im Ausland hochgeschätzt. Vielleicht kann es sein, dass sie nicht wollen, dass Deutschland so reich und stabil ist. Wahrscheinlich sind sie froh, wenn es in Deutschland wie in Afghanistan geht.

Die Menschen sind sehr verschieden. Man kann uns sehr schwer verstehen. Unsere Träume sind auch verschieden. Ein Bursche in Afrika träumt meistens von einer dicken Frau, während die Burschen in Europa nachts von dünnen Frauen träumen. Deswegen wird die Tradition Leblouh, also Zwangsessen in Fettkammern oder zu Hause, immer noch in vielen afrikanischen Dörfern praktiziert. Man sagt: eine dicke Frau nimmt im Herzen eines Mannes einen dicken Platz, während eine dünne Frau nur noch einen dünnen Platz erobern kann. Ein deutsches Sprichwort besagt: „die Schönheit liegt im Auge des Betrachters."

Meine Frau mag die bunten deutschen Edelziegen und ich mag die Damaszener-Ziegen, da sie neben Milch auch Fleisch liefern können und die Qualität ihrer Milch viel besser ist, sodass aus weniger Milchmenge mehr Käse herstellen kann. Sie sind auch fruchtbarer und mit den langen Ohren sehen ihre Kitze auch umwerfend aus. Außerdem ist diese Ziegenrasse auch menschlicher, was ein weltoffener Mensch wie ich gerne halten würde.

Und die Frage ist: kann man jede Ziegenrasse wie die Damaszener-Ziege menschlicher machen?

Die Antwort lautet: ja, kann man.

Man muss nur gezielt schauen, welche Ziegenböcke menschlicherer sind als die anderen. Und mit diesen Ziegen muss man immer weiter züchten, bis man liebevolle und soziale Ziegen bekommt.

In der Zeit, wo die Ziegen noch so wertvoll waren, sagte der Prophet Mohammed: „es gibt vierzig Arten von guten Taten, davon ist die höchste, jemandem eine Ziege zu leihen, die Milch gibt. Wer eine dieser Taten vollbringt, in der Hoffnung auf Belohnung, den wird Allah ins Paradies eintreten lassen."[56]

Er teilte alles, was er hatte. Nie kränkte er jemanden und sagte auch, dass jede Freundlichkeit gegenüber jedem Lebewesen belohnt wird, sei es auch ein Straßenhund ist. Ich denke, dass wir auch bestraft werden können, wenn wir das Gegenteil tun und Tiere quälen.

Heute ist aber alles durcheinander. Man weiß nicht, wem die Moslems, Juden und Christen folgen, die einen gemeinsamen Gott haben, wenn man die die Lebensweise der heutigen Menschen genauer hinschaut.

Wir sind oft grausam, ohne dass wir den andern anmerken zu lassen, da wir uns heute schön hinter Bildschirmen verstecken können und nicht sehen wollen, was in der Welt passiert. Vielleicht ist uns nicht klar, dass wir uns verantwortlich machen, wenn wir Unternehmen durch unseren Einkauf unterstützen, die um billig zu produzieren, auch Kitzen, Küken usw. töten können, damit sie weiterhin konkurrenzfähig bleiben.

In manchen Milchziegenbetrieben werden die männlichen Kitzen nach der Geburt schon getötet, ohne dass sie ein

---

[56] Imam an- Nawawi, Riyadus Salihin, Hadith-Nr. 138

Schluck Muttermilch getrunken zu haben. Sie werden von ihren Müttern sofort getrennt und wie ein Abfallprodukt entsorgt, da sie nicht genug gewinnbringend sind. Wie viele männliche Küken der Mensch in den Schreddern qualvoll umgebracht hat, kann sich kein Mensch vorstellen. Und wir essen trotzdem jeden Morgen mindestens ein Ei, sei es Spiegelei oder israelische Köstlichkeit wie Shakshuka. Und wir plagen und klagen dennoch, wenn Gott uns durch Corona ein wenig tadelt.

6.1 Rassismus in Deutschland

Rassismus ist wieder der neue Trend in Deutschland. Die Tierärztin Frau Mayer, bei der ich ihre Schafe am Wochenende hütete, sagte mir vor paar Jahren, dass ich nicht nach Ost-Deutschland gehen darf. Es wäre zu gefährlich. Das war noch im Jahr 2017, nachdem die Flüchtlinge vor paar Jahren in das Land einmarschiert sind.

Als die Mauer fiel, wurden viele Kinder darunter auch Baby verlassen, weil ihre Eltern sich ein besseres Leben wünschten. So flüchteten sie nach Westdeutschland. Und in Syrien fiel überall im Land Mauer, und zwar auf die Menschen. Sie müssten das Land verlassen. Unter schlechten Bedingungen kamen sie erst in den Nachbarländern und da sie in diesen Ländern ungerecht behandelt worden sind, wollten sie weiterziehen, wo es am besten ist. Die Vögel und alle anderen Lebewesen denken auch gleich, wenn sie weiterziehen müssen. Dass der Weg auch gefährlich sein könnte, machte ihnen nicht aus. So starben viele Menschen auf dem Weg nach Europa. Es gab auch Kinder, die man einfach Tod auf dem Strand fand. Ich kann mir dieses Leiden einer Mutter oder eines Vaters nicht vorstellen, wie schrecklich sie leiden müssten, als das Meer das Baby von ihnen skrupellos wegnahm und sie nichts dafür tun konnten.

Heute redete ich mit meinem Kanarienzüchter Wilhelm. Er sagte mir, dass man die dunklen Ecken in Deutschland jetzt vermeiden solle. Denn viele hätten im Nachbardorf für Rechtparteien gestimmt. Zufällig spuckte ein Radfahrer an dem Abend vor meinen Füßen. Er war entweder besoffen oder wusste nicht von der goldenen Regel. Die goldene Regel besagt: „was du nicht willst, dass man dir tut, das füg auch keinem anderen zu." Er weiß auch nicht, dass man ihm später auf sein Haupt spucken wird. Ein leichtsinniger Mensch, der mich für paar Stunden genervt hat. Aber da das Leben so gerecht ist, fühle ich mich einfach gut, auch wenn man vor meinen Füßen spuckt. Entweder wird er bestraft oder ich werde belohnt, da ich nichts getan habe. Es muss sich irgendwie ausgleichen und wie es wird, weiß ich nicht. Ich weiß das von mir selbst, nachdem ich auch ungerecht war und sündigte.

Ein schwarzer Mitarbeiter von uns musste seine Frau und die Stadt in Ostdeutschland verlassen, da er dort vom Bürger geschlagen und beschimpft worden ist. Er konnte die Situation in Ostdeutschland nicht mehr aushalten und hätte ständig Angst. Im Zug, auf dem Weg zur Arbeit oder nach

Hause könnte das schlimmste passieren. Er tröstete sich, indem er dachte, dass er als Afrikaner schneller rennen kann als die Deutschen, was ihm die Angst ein wenig linderte.

Niemand kann leugnen, dass es in Deutschland Rassismus nicht existiert. Es existiert auch da, wo man gar nicht denken würde. Ich wurde in einer Gosse von dem Sohn einem alten pensionierten Katholischen Pfarrer diskriminiert und angeschrien, weil ich auf der Straße zwei Runde gemacht habe. Sie haben dann Angst, dass ich um 10.00 Uhr bestimmt Diebstahl begehen würde. Ich hatte nur ein Vorstellungsgespräch und ich kam ein wenig zu früh und so machte ich ein paar Runden an der Firma. Dank ihm war ich beim Vorstellungsgespräch so schlecht gelaunt, dass die Firma mich unbedingt wollte.

Ich weiß aber immer noch nicht, warum der katholische Pfarrer so passiv geblieben ist, obwohl er mindestens 70 Jahre gebetet hat. Ich frage mich, ob sein Beten überhaupt etwas mit seinem Herz gemacht hat. Ich habe auch viele Jahre gebetet, aber sehr selten richtig. Ich denke, dass wir Menschen das Beten verlernt haben. Vielleicht gibt es auf der Erde nur noch einige wenige Menschen, die wirklich beten können.

Nach Darmstadt kamen aus aller Welt Menschen zu studieren. So viele Völker und Religionen versammelten sich in dem Hochhaus von Hochschule Darmstadt und fast alle waren rassenorientiert. Die Chinesen könnten nur mit den Chinesen studieren, die Araber mit Araber, die Deutschen mit Deutschen, die Türken mit Türken und ich als Kurde mit jedem. Es machte auch Spaß mit allen möglichen Menschen zu studieren. Auf die Liebe wollte ich auch nicht verzichten, auch wenn ich kein Geld hatte.

Ich hatte leider Pech in der Liebe und traf dummerweise eine falsche Freundin. Sie sagte mir: „hast du was, bist du was! Hast du nix, bist du nix!" Sie sagte mir das paar Mal und ich begriff es nicht, was sie wollte. Und bevor sie mich verlässt, sagte sie mir: „du verstehst nicht, was Deutschland ist!" Für sie wäre Deutschland ein Leistungsland und ich müsse in 3 Semester das Studium beenden und Geld verdienen. Und das hat mir 3 Semester gekostet, bis ich wieder studierfähig war. Das ist eben ganz schön teuer, da man vom siebten Himmel in die Walhalla landet und es eine Weile dauert, bis man sich aus der Walhalla rettet.

Bevor ich viele Menschen in die Walhalla geschickt habe, habe ich sie als Patiententransporteur im Krankenhaus ins Leichenhaus begleitet. Ich habe lange im Krankenhaus gearbeitet und viele Kranke wurden nicht mal von ihren Kindern besucht. Was ist das für ein Leben, wenn man all das materielle hier hat, aber das sinnlich wesentliche wie Liebe etc. nicht hat. Es ist auch sehr traurig, zu sehen, dass viele alte und kranke Menschen nicht mal von ihren leiblichen Kindern ordentlich besucht werden.

Diese Menschen werden sich sowohl auf der Erde als auch nach dem Tod im Jenseits schämen. In einem heiligen Hadith steht es, dass Gott am Tag der Auferstehung so mit Menschen reden wird:

„Oh Sohn Adams, Ich war krank und du hast Mich nicht
besucht. Der Mensch wird fragen: „wie kann ich dich
besuchen, wo du doch Herr der Welten bist?" Er sprach:
„einer meiner Diener war krank und du hast ihn nicht
besucht. Hättest du ihn besucht, hättest du Mich bei seiner
Seite gefunden.""[57]

Gott liebt uns und will, dass wir uns auch lieben und keinen
Platz für Rassismus geben, damit wir uns nicht spalten und
befremden.

Prophet Jesus und Mohammed sagten beide, dass das
Glauben nicht vollkommen ist, wenn man seine Mitmenschen
nicht liebt. Also Gott fordert, dass man die anderen liebt,
wenn man vollkommen gläubig werden will.

In der Zeit, wo die Pharaonen sich als Gott auf den Schultern
der Sklaven tragen ließen, gab es auch Hebräer. Die Ägypter
waren stock rassistisch, da sie ungern mit Schafhirten
befreundet sein und an einem Tisch aßen würden. Denn es
war für Ägypter zuwider an einem Tisch mit Hebräern zu
sitzen. Hier ist die Tischregel damals in Ägypten:

Joseph hatte eigenen Tisch, die Brüder aßen an einem
anderen und einem dritten saßen die Ägypter, die mit dabei
waren. Die Ägypter können nämlich nicht gemeinsam mit
Hebräern essen, weil das bei den Ägyptern unschicklich gilt.[58]

---

[57] Hadith, Sahih Muslim
[58] 1. Mose, 43,32

Heute haben sich die Rollen getauscht. Es gibt deutsche Aristokraten, die auch viele andere Deutsche vermeiden. Es gibt aber auch zahlreiche Deutsche, die viele Ausländer vermeiden und mit dem ungern an einem Tisch essen würden.

Ich habe deutsche Nachbarn, die ich nie besucht habe und die mich bestimmt auch nicht mal an meinem Grab besuchen würden, da es vielleicht für Sie Zeitverschwendung wäre. Die alte Dame gegenüber von uns lebt alleine. Mittlerweile kann sie fast gar nicht mehr machen. Sie ist alt und keiner besucht sie auch. So freundlich ist sie auch nicht. Ich zweifele manchmal, ob sie einen Geist hat oder nicht. Ich würde gerne ihr helfen, vielleicht die Rasen mähen oder einmal die Woche für Sie kochen. Aber ich habe Angst ihr das zu sagen, weil niemand niemandem mehr vertrauet und sie gleich an das Schlimmste denken würde.

Das Klima erwärmt sich und wir haben in Deutschland eine Wüstenähnliche Gesellschaft. Jeder Beduine empfängt in Sahara oder sonst wo in der Wüste mehr Besucher als bei uns in Deutschland. Viele Nachbarn wissen nicht, wie ihre Nachbarn heißen oder wie ihre Kinder heißen.

Die Kinder verbringen heutzutage viel mehr Zeit mit Smartphone, Internet und Computerspiele als mit Menschen. Wenn diese Kinder einmal erwachsen sind, werden sie möglich Schwierigkeiten haben, weil Sie nur beschränkte Beziehungen mit anderen Menschen führen können. Man bekommt auch wenig Besuch von Nachbarn oder Familie, wo die Kinder eine warme Umgebung finden können, wo

Geschichten und Witze erzählen werden, damit die Kinder lachen, Ihre Spiegelneurone nutzen und dabei die Kunst des Erzählens lernen können. So was erlebt man hier kaum.

Man will eher von Nachbarn in Ruhe gelassen werden. Man kann sich auf Nachbar nicht verlassen. So was wie Liebe, Freundschaft und Mitgefühl etc. existiert nicht mehr. Viele Menschen kamen aus der Wüste nach Deutschland, um zu arbeiten oder zu studieren. Sie klagen nicht über dem kalten Wetter, sondern über die Kälte der Menschen.

Wir haben in dem Land auch viele Russlanddeutsche, die ihre Heimat wegen Rassismus, Diskriminierung und Unmenschlichkeit verlassen und nach Deutschland ausgewandert haben. Sie müssten natürlich erst Deutsch lernen. Sie hatten ja damals vor 250 Jahren dem Ruf der Katherina der großen gefolgt und Deutschland verlassen. Katherina die Große hatte 34 Jahre lang das Sagen über Russland und schrieb das Einladungsmanifest, vor allem für Deutsche, da sie ja auch selber Deutsche war. Es waren ungefähr 25.000 Deutsche, die Deutschland verlassen haben und ihre Muttersprache beibehalten konnten.

Die Sprache ist nun mal lebendig und sie wächst und schrumpft. Die Anzahl der Deutschen in Russland aber stetig gewachsen. Aus 25.000 Deutschen wurde 3 Millionen und sie kamen alle nach Deutschland, wenn sie irgendwie nachweisen könnten, dass sie vom deutschen Volk abstammen konnten. 3 Millionen Deutsche kamen nach Deutschland, die immer noch irgendwie deutsch sprechen könnten, auch wenn viele miteinander besser russisch sprechen würden.

Viele waren in Deutschland fremd und empfanden das Land und die Menschen sehr kalt und waren nicht froh, dass sie nach Deutschland gekommen sind. Es gab auch darunter Menschen, die große Anpassungsprobleme hatten und sich das Leben nahmen. Wo sie her kamen, gab es Nachbarschaft und Freundschaft. Alle kannten sich einander und im Nu änderte sich alles.

Man kann sich jetzt die Frage stellen, warum Nachbarschaft so wichtig ist?

Der wichtigste Grund ist das Lachen, das das Leben verlängert und den Menschen gesund und munter hält. Und da wir alleine nicht lachen können, brauchen wir andere Menschen. Die nahste Personen sind nun mal die Familie und Nachbarn, mit denen wir lachen können. Sogar das Begrüßen der Nachbarn ist gut gegen Alzheimer. Wenn man seinen Nachbarn kennt, natürlich mit Namen und ein wenig Geschichte über ihn, so wird das Gehirn automatisch aktiviert und das Herz bleibt auch jung, wenn man mit ihnen gute Beziehungen pflegt.

Ich habe während meines Studiums viele alte Deutsche in den Leichenkeller gefahren, ohne dabei ein Familienangehöriger dabei war. Die meisten sind alleine gestorben. Einer sogar auf dem Weg, während ich ihn zu Endoskopie fahren musste. Da ist mir klar geworden, wie kalt Deutschland doch ist.

Ich habe dieses Jahr Kanarienvogel gezüchtet. Es gab leider zwei Hähne und eine Henne. Die Henne wollte die ganze Zeit sich beweisen und zeigen, was für eine tolle und starke Henne sie ist. Sie hat gebrütet und gebrütet. Ich dachte, dass sie von alleine aufhören würde. Aber sie hat es nicht getan. Dann eines Morgens fand ich sie tot auf dem Boden. Der Hahn sang weiter und die Küken fraßen wie gewöhnlich Körner und das Eifutter. Ich hoffe, dass die Menschlichkeit niemals auf dieses Niveau sinkt.

Als Kind spielten wir Murmel, Kreisel und Versteckspiel. Wir schauten uns in die Augen und könnten vieles vom Auge ablesen. Es gab viel Liebe, die uns Kraft gab. Heute gibt es überall Kinder, die einen Bildschirm glotzen und nicht die Seele eines anderen.

Im Studium besuchte ich das Wahlpflichtfach „Was ist denken". Der Professor meinte, dass Blockhäuser und Apartment Gift für Spiegelneuronen sind. Damals habe ich ihn nicht verstanden. Ich habe wegen meiner Dummheit auch nicht nachgefragt, warum das so ist. Aber heute weiß ich. Denn niemand fragt, wer in einem siebzehn stöckigen Hochhause im Apartment 7 wohnt. Außer man hat rote Gardinen, die mit Led-Lichterketten Love gezeichnet sind.

Und was passiert, wenn die Spiegelneuronen nicht arbeiten oder aktiviert werden? Dann können wir uns in anderen nicht hineinfühlen. Das Empathievermögen wird geringer und wir können am Ende nicht mal merken, ob jmd. glücklich oder traurig ist.

Ein anderer Grund, warum wir so geworden sind, ist das Vertrauen. Wir vertrauen uns nicht mehr.

Als ich während meines Elektro- und Informationstechnik Studium mein Horizont als Schäfer erweiterte, war ich jeden Samstagnachmittag mit der Frau Mayer bei ihrer Schwiegermutter Irmy eingeladen. Ich mochte Irmy. Sie war alt aber lustig. Die Familie mochte ich auch. Die Irmy war ein wenig gegen Ausländer und wenn man sie fragte, was mit mir ist, antwortete sie, dass ich zu Familie gehöre. Meinerseits war es auch so. Es war auch für mich verständlich, warum sie ein wenig gegen Ausländer ist. Die Ausländer in Deutschland sind auch gegen Ausländer und viele haben genau so wie die Deutschen Vorurteile gegen andere Minderheiten, obwohl sie selber Minderheiten sind. Untereinander vertrauen sie sich auch nicht. Dann die Deutschen vertrauen den Ausländer erst gar nicht.

Als ich zum ersten Mal bei Irmy war, gab es eine goldene Kette im Bad. Dann nächste Woche auch. Beim dritten Mal gab es keine goldene Kette mehr.

Ich war ein wenig eingeschnappt, aber ließ ich nichts anmerken. Sie hatten auch Recht. Sie kannten weder mein Stammbaum noch Führungszeugnis. Vertrauen gibt es heutzutage nirgendwo, auch nicht heiligen Städten wie Mekka oder Jerusalem. Aber den Schafen kann man immer vertrauen. Ich habe die Schafe mehr geliebt als die meisten Studenten, da man den meisten Studenten nicht vertrauen kann, wenn man nicht wie der Mathematiker Gauß rechnen kann.

Man vertraut niemanden mehr und den Flüchtlingen erst gar nicht. Seit 2015 existiert in Deutschland eine Hetze, was den Menschen indirekt Angst einjagt. Heute haben viele Frauen Angst alleine nachts raus zu gehen und meiden dunkle Gassen. Und je enger und dunkler die Gasse ist, desto mehr Angst haben sie. Es ist nicht lange her, dass man in Deutschland blind durch alle Gassen gehen konnte. Aber heute Dank der Hetze haben die Deutschen Angst vor Ausländer und die Ausländer haben Angst vor Deutschen und Flüchtlingen.

6.1.1 Die arische Rasse

In der Türkei sagten mir die Kurden, dass wir Arier sind. Ich kam dann nach Deutschland und erfuhr, dass die Deutschen und Perser ebenfalls meinten, dass sie Arier sind. Von mir aus konnte die ganze Welt Arier sein.

Iran bedeutet „das Land der Arier" und Arier ist jemand, der einfach gastfreundlich ist.[59] So gesehen könnte man sagen, dass die Türken auch Arier sind, da sie auch gastfreundlich sind. Also um Arier zu sein, muss man erst Mal gastfreundlich sein. Prophet Abraham war sehr gastfreundlich. Er aß nie allein und sagte: „mit einer Portion Essen kann auch zwei Menschen satt werden." Vielleicht war das das Geheimnis für sein langes Leben. Er lebte mindestens 175 Jahre, da er sich

---

[59] https://sanskrit-blog.de/arya-was-ist-ein-arier/

vielleicht immer mit einer halben Portion Essen begnügte und sich vollkommen auf Gott verließ.

Tausende Jahre benutzen die Menschen im mittleren Osten das Wort Arier in schöner Weise und es passierte nichts. Dann nahmen einige Menschen in Europa das Wort in die Hand und deklarierten es, wie es Ihnen gefällt. So spalteten sich und waren bereit für Ihre Rasse zu sterben, die eigentlich gar nicht gibt, da Arier keine Rasse ist. Naja, den Menschen wurde es trotzdem weiß gemacht und ihnen Ariernachweise erstellt, damit sie ihr schönes Leben für sie opfern können, was katastrophal geendet hat.

Prophet Mohammed sagte, dass die Menschen wie die Zähne eines Kamms sind und es keinen Unterschied zwischen den Weißen und Schwarzen gibt. Er machte den Arabern auch klar, dass die Araber nicht besser als die nicht Araber sind und andersrum genau so, damit sie vielleicht später nicht hochmutig werden, da sie ja denken könnten, dass der letzte Prophet von Araber stammte.

Man deutete das Wort Arier als Herrenrasse um und schon waren die Menschen untereinander verfeindet und man weiß nicht, wie qualvoll die Menschen für nichts gestorben sind.

6.1.2 Xenophobie

Da die Germanen mit ihren Geren die Kelten wie die graue Eichhörnchen die europäischen Eichhörnchen in England verdrängt und vertrieben haben, denken manche Deutsche, dass die Türken dasselbe auch tun würden, manche wiederum die Araber und einige denken, dass alle Ausländer sich zusammen tun würden und die Deutschen aus Deutschland vertreiben würden. Und so entwickeln einige Inländer überall auf der Welt Xenophobie und haben Phantomschmerzen wie ein Mann, der im Krieg den rechten Arm verloren hat und immer noch an dem unsichtbaren Arm schmerzen fühlt.

6.2 Rassismus und Wissenschaftler

Jeder von uns wird als Forscher und Wissenschaftler geboren. Das Gehirn der Kinder arbeitet Doppel so schnell als Erwachsene und es ist egal, woher das Kind kommt und wie Ihre Hautfarbe auch sein mag. Man liebt die Wissenschaftler und sie ziehen auch die Menschen an, da sie diese Fähigkeit, was Gott ihnen als Kind gegeben hat, nicht verloren haben. Und wenn man meint, dass man gleichzeitig Wissenschaftler und Rassist sein kann, irrt sich gewaltig.

Es gibt aber nicht nur ein Wissenschaftler. Es gibt drei Wissenschaftler in der Welt. Der eine kennt nur die physische Welt und ist ein ganz normaler Wissenschaftler wie Einstein, Newton oder Prof. Dr. Heinz Schmiedel, der an der Hochschule Darmstadt Elektronik lehrt und ein brillanter Mensch ist. Sie kennen die esoterische Seite des Lebens nicht.

Der zweite Wissenschaftler kennt diese physische Welt nicht. Aber er weiß, was in den Herzen der Menschen vor sich geht oder hinter einer Wand ist, obwohl die anderen Menschen nur in diesen vier Wänden sehen können. Der Khalifa Omar war so einer Mensch. Er wusste, wer ihn töten werde. Er zeigte mit dem Finger auf den Perser Piruz Nahavandi und sagte den Menschen: „Er wird mich umbringen!"

Die Leute fragten ihn: „Warum verhaftest du denn ihn nicht?"

Er antwortete: „noch hat er mich ja nicht umgebracht."

So geschah es auch. Er brachte ihn um und die Iraner bauten später für ihn einen Schrein, wo es heute noch besucht wird.

Der dritte Wissenschaftler ist jemand, der ganz besonders ist und selten auf die Welt kommt. Denn er kennt sowohl die physische Seite der Wissenschaft als auch die esoterische Seite wie Pythagoras. Heute kann man sagen, dass so ein Wissenschaftler gar nicht gibt und wenn kennt ihn kaum Menschen.

Diese kleine Geschichte kann uns zeigen, was für einen großen Geist der Pythagoras hatte. Die Fischer hatten einen großen Fang gemacht und wollten den Zahlengenie und nicht Fischesser wahrscheinlich bloß stellen. So stellten Sie ihm die Frage, wie viele Fische im Netz seien?

Er fragte sie, ob sie die Fische freilassen würden, wenn er die Anzahl der Fische korrekt beantworten würde. Sie bejahten und am Ende, nachdem sie die Fische gezählt haben, merkten sie, dass er recht hatte.[60]

Er machte ein Auslandstudium in Ägypten und als er wieder zurück in seine Heimat kam, war ein anderer Mensch, der sich in vielen Bereichen der Wissenschaft auskannte. Schon bald war er berühmt und konnte seine Orden gründen. Dank ihm müssen wir eine Seite des Dreieckes nicht messen; wir können es einfach errechnen.

Es war aber nicht einfach pythagoreischer Mystiker zu sein. Man müsste wie die alten Sufis einige Voraussetzungen erfüllen und Tests bestehen. Aber der Pythagoras war sehr streng und nahm nicht jeden als Schüler auf. Er redete nicht mit allem seiner Schüler Angesicht zu Angesicht. Er gab Vorlesungen erst hinter einer Gardine.

Die erste Regel war das Schweigen, und zwar nicht paar Stunden schweigen. Sie sollten 5 Jahre lang schweigen. Fisch, Fleisch und Bohnen dürften sie auch nicht essen. So dürften Sie bei ihm sein und sonst nicht. Wenn einer 5 Jahre lang das geschafft hat und als Zölibat leben wollte, dürfte hinter der Gardine kommen und sein Gesicht ansehen. Ansonsten erst nur zuhören wie die viele Zuhörer, die jeden Abend zu seiner Vorlesungen oder Vorträgen kamen.

Als Pythagoreer sollte man jeden Abend vor dem Schlafen diese drei Fragen stellen, was jeder Mensch machen sollte:

1) Was habe ich heute Schlechtes getan?

---

[60] https://www.biblegematria.com/pythagoras.html

2) Was habe ich heute Gutes getan?

3) was habe ich heute versäumt zu tun?[61]

Ein hochbegabter Pythagoreer namens Hippasus verlor am Ende sein Leben wegen Wurzel 2. Er müsste ertrinken, weil er sein Mund nicht halten könnte und gesagt hat, dass irrationale Zahlen doch gib, weil er wahrscheinlich dadurch für die anderen ein Ketzer geworden ist.

Todesurteil:

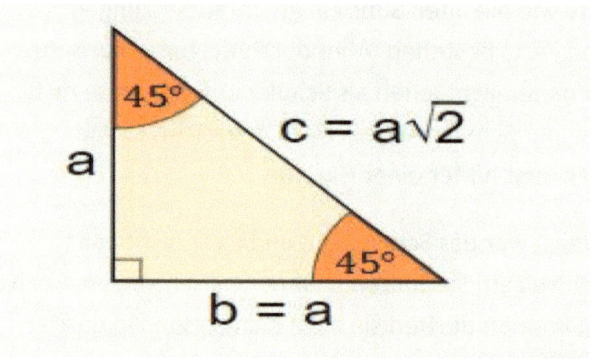

Abbildung 9: Beweis von Wurzel 2 und Satz des Pythagoras

Der Pythagoras, den zu sehen so schwer war, wurde leider auch umgebracht. Sein Haus wurde von seinen Feinden in Brand gesetzt, aber er konnte sich erst von seinen Feinden retten und flüchten. Dann kam er zufälligerweise an einem Bohnenfeld, wo er sich entscheiden sollte. Entweder müsste er in den Bohnenfelder rein gehen und sich retten oder auf

---

[61] Vgl. http://mathe-abakus.fraedrich.de/mathematik/pythagoras.html

den Tod warten, da es keinen Ausweg mehr gab. Er wählte den Tod, da Bohnen berühren für ihn genauso verboten oder Sünde war.

Heute ist Kraft der Glaubenssätze und Affirmationen genau so mächtig, wodurch man Pech oder Glück empfangen kann.

6.2.1 Rassismus und Immanuel Kant

Kant glaubt, dass wir alle Menschen zu einer selben Gattung und Art gehören, da wir ja alle fruchtbaren Kindern bekommen können. Er geht sogar davon aus, dass wir zu einer Familie gehören und selben Ursprung haben.

Nach Kant besitzt jedes Lebewesen die Fähigkeit sich zu verändern, sobald die Äußere Umwelt sich verändert. So bekommen z.B. die Vögel dichtere Haut, wenn sie in ein kaltes Klima kommen. Er nennt es natürliche Anlagen.

Er macht die Luft, Sonne und Nahrung verantwortlich, was einen tierischen Körper modifiziert. Aber was sich beim Mensch perpetuieren lassen und sich fortpflanzen soll, muss vor der Zeugungskraft legen.

Der Kant ist der Meinung, dass der Mensch für alle Klimazonen und für jede Beschaffenheit des Bodens bestimmt ist. Was den Menschen kleiner oder größer macht, bestimmt das Klima, da die physikalischen Gesetze im Körper herrschen.

Ein Beispiel von Kant:

Der Mensch, in die Eiszone versetzt, musste nach und nach in eine kleinere Statur ausarten, weil bei dieser, wenn die Kraft des Herzens dieselbe bleibt, der Blutumlauf in kürzerer Zeit geschieht, der Pulsschlag also schneller und die Blutwärme größer wird. [62]

Für Kant gibt es 4 Rassen:

1) Hochblonde (Nordl. Eur.) von feuchter Kälte.

2) Kupferrote (Amerik.) von trockner Kälte.

3) Schwarze (Senegambia) von feuchter Hitze.

4) Olivengelbe (Indianer) von trockner Hitze.

Es ist wohlbekannt, dass zwei Philosophen sich nicht verstehen können. Auch wenn sie 200 Jahre oder mehr Altersunterschiede haben, werden sie auch nicht im Grab in Ruhe gelassen. So schreibt und sagt der karibischer Philosoph Charles W. Mills, dass Kant den Menschen in 4 Rassen teilt und nur die Europäer als Person sieht und alle anderen Menschen nach Kastensystem unterteil.

So sagt Kant weiter in seinen Schriften, ohne dabei ein Ausländer im Lande gesehen zu haben:

In den heißen Ländern reift der Mensch in allen Stücken früher, erreicht aber nicht die Vollkommenheit der

---

[62] Die wichtigsten Werke von Immanuel Kant, von den verschiedenen Rassen der Menschen, Verlag Musaicum Books, S. 897

temperierten Zonen. Die Menschheit ist in ihrer größten Vollkommenheit in der Rasse der Weißen. Die gelben Indianer haben schon ein geringeres Talent. Die Neger sind weit tiefer, und am tiefsten steht ein Teil der amerikanischen Völkerschaften. Die Mohren und andere Völker zwischen den Wendekreisen können gemeiniglich erstaunend laufen. Sie sowohl als andere Wilde haben auch mehr Stärke als andere zivilisierte Völker, welches von der freien Bewegung, die man ihnen in der Kindheit verstattet, herrührt. Die Hottentotten können mit bloßen Augen ein Schiff in eben einer so großen Entfernung wahrnehmen, als es der Europäer mit dem Fernglase vermag. Die Weiber in dem heißesten Erdstriche zeugen von neun oder zehn Jahren an schon Kinder und hören bereits vor dem 25sten auf. Don Ulloa merkt an, dass in Cartagena in Amerika und in den umliegenden Gegenden die Leute sehr früh klug werden, aber sie wachsen nicht ferner am Verstande in demselben Maße fort. Alle Bewohner der heißesten Zone sind ausnehmend träge. Bei einigen wird diese Faulheit noch etwas durch die Regierung und den Zwang gemäßigt. Wenn ein Indianer einen Europäer irgendwohin gehen sieht, so denkt er: er habe etwas zu bestellen; kommt er zurück, so denkt er: er habe schon seine Sache verrichtet; sieht er ihn aber zum dritten Male fortgehen, so denkt er: er sei nicht bei Verstande, da doch der Europäer nur zum Vergnügen spazieren geht, welches kein Indianer tut, oder wovon er sich auch nur eine Vorstellung zu machen im Stande ist. Die Indianer sind dabei auch zaghaft, und beides ist in gleichem Maße den sehr nördlich wohnenden Nationen eigen. Die Erschlaffung ihrer Geister will durch Branntwein, Tabak, Opium und andere starke Dinge erweckt werden. Aus der Furchtsamkeit rührt der Aberglaube vornehmlich in Ansehung der Zaubereien her, ingleichen die Eifersucht. Die Furchtsamkeit macht sie, wenn sie Könige hatten, zu sklavischen Untertanen und bringt in ihnen eine abgöttische Verehrung derselben zuwege, so wie die Trägheit sie dazu bewegt, lieber in Wäldern herumzulaufen und Not zu leiden, als zur Arbeit durch die Befehle ihrer Herren angehalten zu werden. Montesquieu urteilt ganz recht, dass eben die Zärtlichkeit, die dem Indianer oder dem Neger den Tod so furchtbar macht, ihn oft viele Dinge, die der Europäer überstehen kann, ärger fürchten lässt als den Tod. Der Negersklave von Guinea ersäuft sich, wenn er zur Sklaverei soll gezwungen werden. Die indischen Weiber verbrennen sich. Der Karaibe nimmt sich bei einer geringen Gelegenheit das Leben. Der Peruaner zittert vor dem Feinde, und wenn er zum Tode geführt wird, so ist er gleichgültig, als wenn das nichts zu bedeuten hätte. Die aufgeweckte Einbildungskraft macht aber auch, dass er oft etwas wagt; aber die Hitze ist bald wieder vorüber, und die Zaghaftigkeit nimmt abermals ihren alten Platz ein. Die Ostjaken, Samojeden, Semljanen, Lappen, Grönländer und Küstenbewohner der Davisstraße sind ihnen in der Zaghaftigkeit, Faulheit, dem Aberglauben, der Lust an starken Getränken sehr ähnlich, die Eifersucht ausgenommen, weil ihr Klima nicht so starke Anreizungen zur Wollust hat. Eine gar zu schwache, so wie auch eine zu starke Perspiration macht ein dickes, klebrichtes Geblüt, und die größte Kälte sowohl als die größte Hitze machen, dass durch Austrocknung der Säfte die Gefäße und Nerven der animalischen Bewegungen steif und unbiegsam werden. In Gebirgen sind die Menschen dauerhaft, munter, kühn,

Liebhaber der Freiheit und ihres Vaterlandes. Wenn man nach den Ursachen der mancherlei einem Volke angearteten Bildungen und Naturelle frägt: so darf man nur auf die Ausartungen der Tiere sowohl in ihrer Gestalt als ihrer Benehmungsart Acht haben, sobald sie in ein anderes Klima gebracht werden, wo andere Luft, Speise usw. ihre Nachkommenschaft ihnen unähnlich machen. Ein Eichhörnchen, das hier braun war, wird in Sibirien grau. Ein europäischer Hund wird in Guinea ungestaltet und kahl samt seiner Nachkommenschaft. Die nordischen Völker, die nach Spanien übergegangen sind, haben nicht allein eine Nachkommenschaft von Körpern, die lange nicht so groß und stark als sie waren, hinterlassen, sondern sie sind auch in ein Temperament, das dem eines Norwegers oder Dänen sehr unähnlich ist, ausgeartet. Der Einwohner des gemäßigten Erdstriches, vornehmlich des mittleren Theiles desselben ist schöner an Körper, arbeitsamer, scherzhafter, gemäßigter in seinen Leidenschaften, verständiger als irgendeine andere Gattung der Menschen in der Welt. Daher haben diese Völker zu allen Zeiten die anderen belehrt und durch die Waffen bezwungen. Die Römer, die Griechen, die alten nordischen Völker, Dschingischan, die Türken, Tamerlan, die Europäer nach Columbus' Entdeckungen haben alle südlichen Länder durch ihre Künste und Waffen in Erstaunen gesetzt.[63]

Naja, das heißt aber nicht, dass Immanuel Kant nicht ein Genie und ein schlechter Mensch ist. So war eben das Bild der

---

[63] Die wichtigsten Werke von Immanuel Kant, Der Mensch seinen übrigen angeborenen Eigenschaften nach auf dem ganzen Erdboden erwogen, Verlag Musaicum Books, S. 3920, 3921, ff,

Menschen seiner Zeit und er hatte wirklich den Mut sich seines eigenen Verstandes zu bedienen, auch wenn er nur 1,57 Meter groß war. Aber da die anderen seiner Zeit auch nicht viel größer waren, machte es keinen Unterschied.

Gott hat die Welt laut Kant so gemacht, damit die Menschen unterschiedlich werden müssen. Es ist Gottes Wille, dass wir so aussehen, wie wir aussehen. Ist man dagegen, ist man auch meiner Meinung nach gegen Gott, was für einen Menschen das Schlimmste ist.

Für Kant ist man auf der Erde, um seine Pflichten zu erfüllen und nicht glücklich zu werden. Ich weiß nicht, ob ihm lauter Denken klar war, dass man glücklich ist, wenn man seine Pflichten erfüllt hat.

Ich fragte meinen Messtechnik- Professor um einen Ratschlag für das Studium. Er hatte Physik studiert und sagte mir: „während meines Studiums, war ich unglücklich, da ich nicht wusste, was man mit diesem ganzen Lernstoff machen kann. Später bin ich damit glücklich geworden, da ich dieses Wissen anwenden könnte. Der Mensch lernt nur für sich. Nehmen Sie daher die Leute, die Sie belehren nicht so ernst. Man darf vor ihnen auch nicht so große Respekt haben, auch wenn sie ein Professor sind." Kant zählt auch dazu, denke ich.

6.2.2 Rassismus und Charles Darwin

Nach Darwin sollten sich eigentlich nur die Menschen fortpflanzen, die intelligent, stark und gesund sind; so kommt es mir vor, wenn ich seine Schriften lese.

Er findet unser Fortpflanzungssystem mangelhaft und leichtsinnig, da er davon ausgeht, dass kein Züchter seine schlechten Tiere für die Nachzucht aussuchen würden und da der Mensch sich nicht so verhält, sind wir in seinen Augen nicht so vernünftig.

Er begründet, dass es die natürliche Zuchtwahl ist, dass die Engländer eine hochentwickelte und zivilisierte Menschenrasse sind als die wilden, die sich gegenseitig umbringen und den Feind skalpieren.

Er behauptet, dass der Mensch von Catherinen abstammt und weiß nicht, wo und wann der Mensch sich von Affen abgezweigt hat.

Gott sagt nur, woraus er die Menschen und andere Lebewesen erschaffen hat. Er sagt, dass das Fundament aller Lebewesen Wasser und Erde ist. Aber er sagt nicht, wie er die Menschen und andere Lebewesen erschaffen hat. Eins ist sicher: Gott erschafft den Menschen oder sonst irgendein Geschöpf nicht wie ein Steinmetzger, der einen Menschenskulptur oder Tier- aus dem Stein herausmeißelt. Dass der Mensch denkt, dass Gott auf die Erde kommt und aus dem Ton einen Menschen töpfert, könnte schon blasphemisch sein, was viele Theologen nicht wissen.

Was Darwin nicht weiß, dass für die Entwicklung für den Körper und Seele eines Kindes die Taten der Eltern während und nach der Schwangerschaft auch sehr wichtig sind. Es ist äußerst wichtig, was die Mutter während der Schwangerschaft isst und woher und wie die Lebensmittel kommen. Es ist giftig für den Körper und Seele eines Kindes, wenn die Mutter etwas klaut und zu sich nimmt. Und für das Wohl des Kindes im Mutterleib trägt auch bei, wenn die Mutter während der Schwangerschaft z.B. einem Blinden hilft, die Straße zu überqueren oder sonst andere gute Taten vollzieht.

Wenn wir aber darwinistisch werden wollen, sollen wir auf vieles verzichten, was die Menschheit von Anfang ihrer Entstehung bis jetzt erworben hat. Denn wenn wir nach Darwins Wille leben wollen, so dürfen nicht alle Männer zur Fortpflanzung der Menschheit zugelassen werden, da bei vielen Männern die entsprechende Zuchtqualität fehlen würden.

Aber wenn man Schafe züchten will, muss man darwinistisch sein, da jeder Schäfer weiß, dass ein guter Schafbock die halbe Herde ist. Man nimmt am besten die Böcke, die gesund und gute Gengeschichte vorweisen können.

Auch beim Singvogel ist so. Man sucht immer die Vögel, die am besten singen können. Und wenn man Positurkanarien züchten will, sucht man z.B. den besten Gloster Corona, die eine große und schöne Haube hat.

Nach Darwin ist es falsch, wie wir uns vermehren und wenn wir auf ihn hören, gäbe es kaum Männer, die ins menschliche Herdbuch eingetragen werden könnten.

In Deutschland werden alle Böcke, die die Schafe glücklich machen dürfen, ins Herdbuch eingetragen. Und wenn es so was für Männer gibt, dann kann man sich vorstellen, wie viele von uns Männer die Frauen glücklich machen dürfen.

Wenn man an Darwin glaubt, soll man die Frauen und Männer nicht heiraten, deren Mütter und Väter Streithühner sind. Er beschreibt in seinen Schriften, wie man einen Kampfhahn züchtet und glaubt, dass die Menschen sich auch so verhalten haben. Er vergleicht uns den Menschen mit Kampfhähnen und schreibt: „In derselben Art und Weise, wie der Mensch die Rasse seiner Kampfhähne durch die Zuchtwahl derjenigen Vögel verbessern kann, welche in den Hahnenkämpfen siegreich sind, so haben auch, wie es den Anschein hat, die stärksten und siegreichsten Männchen oder diejenigen, welche mit den besten Waffen versehen sind, im Naturzustande den Sieg davon getragen und haben zur Verbesserung der natürlichen Rasse oder Spezies geführt."[64]

Nach diesem Zuchtprinzip ist es nicht sinnvoll eine Frau oder einen Mann zu heiraten, wenn der Vater ein Boxer ist und im Knast sitzt und die Mutter eine Capoeira Tänzerin ist, die auf Bewährung ist. Die Redewendungen wie „der Apfel fällt nicht weit vom Stamm" oder „wie die Mutter, so die Tochter"

---

[64] Charles Darwin, die Abstammung des Menschen und die geschlechtliche Zuchtwahl, Verlag e-artnow, S.411

haben sich sehr oft bewahrheitet. Aber es gibt auch genug Fälle, wo der Spruch nicht gestimmt hat.

Die Tierärztin B. Mayer, bei der ich Rhönschafe gehütet habe, handelt auch nach diesem Zuchtprinzip. Sie schaut auf die Lämmer genau hin und beobachtet, welche Lämmer sich wie die Kampfhähne verhalten und andere Lämmer boxen. Sie werden dann aussortiert und später geschlachtet. Also wer bei ihr als Lamm andere Lämmer boxt, kann später als Schafbock die anderen Schafe nicht glücklich machen und auch nicht ins Herdbuch eingetragen werden.

Nach der Auffassung und Beobachtungen von Charles Darwin überleben nur die Lebewesen, die sich am besten an die Zeit und Ort angepasst haben.

Er behauptet, dass die wilden Menschen ihre kranken und schwachen verrecken lassen; und er findet blöd, dass wir alles dafür tun, um unsere Kranken weiter am Leben zu lassen und schrieb folgende Sätze: „Bei Wilden werden die an Geist und Körper Schwachen bald beseitigt und die, welche leben bleiben, zeigen gewöhnlich einen Zustand kräftiger Gesundheit. Auf der anderen Seite tun wir zivilisierte Menschen alles nur Mögliche, um den Prozess dieser Beseitigung aufzuhalten. Wir bauen Zufluchtsstätte für die Schwachsinnigen, für die Krüppel und die Kranken; wir erlassen Armengesetze und unsere Ärzte strengen die größte Geschicklichkeit an, das Leben eines Jeden bis zum letzten Moment noch zu erhalten. Es ist Grund vorhanden, anzunehmen, dass die Impfung Tausende erhalten hat, welche in Folge ihrer schwachen Konstitution früher den

Pocken erlegen wären. Hierdurch geschieht es, dass auch die schwächeren Glieder der zivilisierten Gesellschaft ihre Art fortpflanzen. Niemand, welcher der Zucht domestizierter Tiere seine Aufmerksamkeit gewidmet hat, wird daran zweifeln, dass dies für die Rasse des Menschen im höchsten Grade schädlich sein muss."[65]

Für Darwin sind wir eigentlich nicht anders als die sprechenden Affen, die wie die Schafherde gezüchtet werden müssen, um das bestmögliche Milch- oder Fleischleistung erhalten zu können. Auch wenn viele nicht zugeben, denken die meisten Unternehmen und Menschen genau so wie der Charles Darwin.

Manchmal kommt mir seine Schriften brutal vor und manchmal denke ich, dass er Recht hat, wenn man sieht, wie die meisten Menschen geworden sind.

Die Menschen scheuen sich dir die Hand zu geben, wenn sie Karriere gemacht haben und besser verdienen. Die Freunde werden auch fremd, wenn man mit 37 immer noch nicht mit Studium fertig ist. Die Menschen gucken dich mit den Augen von Nasenaffen an, wenn man mit 40 immer noch keinen festen Job hat. Die Menschen schauen dich mit Gazellenaugen, wenn man mit 30 Karriere gemacht hat und ein schönes Haus und Garten besitzt.

---

[65] Charles Darwin, die Abstammung des Menschen und die geschlechtliche Zuchtwahl, Verlag e-artnow, S. 260

Der Mensch ist heute erfolgsorientiert und die Erfolgreichen werden sanfter behandelt und sind anziehender, auch wenn sie nicht gut aussehen.

Wenn man die Schriften von Charles Darwin liest, fragt man sich, warum um Gottes Willen alle männlichen Lebewesen sein Leben um die Frauen riskieren und die Frauen nicht?

Ich war auch Zeuge, wie die Jungen von unseren Nachbarn sich schlugen, da sie sich um dasselbe Mädchen verliebten und das Mädchen heimlich eigentlich mich liebte. Eigentlich waren wir alle in der Nachbarschaft in sie verliebt.

Zum Glück war sie nicht am Fenster, wie diese Verrückten sich geschlagen haben, da der Gewinner keinen guten Charakter hatte und nach Darwin überhaupt nicht zur Zucht geeignet ist.

Ich weiß nicht, ob diese Tat ihre Entscheidung erleichtern würde. Aber es gibt einige Frauen, die Hiphop hören und sich von blöden Männern beschimpfen lassen. Ich kann diese Frauen nicht verstehen. Vielleicht nur der Ton macht die Musik.

Man merkt auch, dass gut singende Vögel und Männer bei Frauen beliebter sind als die Männer, die leider nicht singen können. Wenn ein Mann gute Stimme hat, wird von Frauen wie Elvis Presley umzingelt.

Charles Darwin will in seinen Schriften beschreiben, warum die Lebewesen so sind, wie sie jetzt sind. Das Beispiel mit den englischen Arbeiterklassen ist auch markant. Er sagt, dass ihre

Kinder schon von Geburt an größere Hände haben und schrieb folgende Sätze, was für die Epigenetik auch wichtig sein könnte: „Es wird angeführt, dass die Hände englischer Arbeiter schon bei der Geburt größer sind als die der besitzenden Klassen. Nach der Korrelation, welche wenigstens in manchen Fällen zwischen der Entwicklung der Gliedmaßen und der Kiefer besteht, ist es möglich, dass bei den Klassen, welche nicht viel mit ihren Händen und Füßen arbeiten, die Kiefer schon aus diesem Grunde an Größe abnehmen. Dass sie allgemein bei veredelten und zivilisierten Menschen kleiner sind als bei harte Arbeit Verrichtenden oder Wilden, ist sicher."[66]

Wenn es so ist, dann müssen wir uns Sorge machen, wie die Daume unserer Kinder in 40 Jahren werden, die ständig beim Arbeiten sind. Es werden schon jugendliche an Handy Daumen erkrankt und müssen operiert werden und was das überhöhte Benutzungen von Daumen in den Genen macht, ist noch unklar.

Charles Darwin schreibt natürlich auch über die Schönheitsideale der Männer. Ich weiß nicht, ob das immer noch so ist. Aber er schrieb folgende Schönheitsideale, was durch unsere Zeit verloren gehen wird.

Indianer:

Man frage einen nördlichen Indianer, was Schönheit sei, und er wird antworten, ein breites glattes Gesicht, kleine Augen,

---

[66] Charles Darwin, die Abstammung des Menschen und die geschlechtliche Zuchtwahl, Verl. e-artnow, S. 63-64

hohe Wange, eine niedrige Stirn, ein großes breites Kinn, eine kolbige Hakennase, eine gelbbraune Haut und bis zum Gürtel herabhängende Brüste.[67]

Somali-Männer:

Ihre Frauen auf die Weise wählen, dass sie alle in eine Reihe stellen und diejenige auswählen, welche am meisten a tergo vorspringt. Nichts kann für einen Neger hassenswürdiger sein als die entgegengesetzte Form.[68]

Eine einfache Methode, um die Schönheit zu maximieren, was Darwin möglicherweise uns zu Rat geben würde. Er schrieb: „Mr. Winwood Reade teilt mir mit, dass die Jollofs, ein Negerstamm an der Westküste von Afrika, „wegen ihrer gleichförmig schönen Erscheinung merkwürdig sind". Einer seiner Freunde fragte einen dieser Leute: „Woher kommt es, dass ein Jeder, dem ich hier begegne, so schön aussieht, nicht bloß Eure Männer, sondern auch Eure Frauen?" Der Jollof antwortete: „das ist sehr leicht zu erklären: es ist stets unser Gebrauch gewesen, unsere schlecht aussehenden Sklaven auszusuchen und zu verkaufen."

Und das ist in dem Auge von Charles Darwin nicht anders als die sexuelle Auslese, was für ihn ganz harmlos ist.

---

[67] Charles Darwin, die Abstammung des Menschen und die geschlechtliche Zuchtwahl, Verl. e-artnow, S. 1087

[68] Charles Darwin, die Abstammung des Menschen und die geschlechtliche Zuchtwahl, Verl. e-artnow, S. 1088

Und wenn wir heiraten, sollen wir uns nach ihm so verhalten, wie wir es bei unseren Pferden oder Hunden es tun würde. Er gib uns zu Rat: „der Mensch prüft mit skrupulöser Sorgfalt den Charakter und den Stammbaum seiner Pferde, Rinder und Hunde, ehe er sie paart. Wenn er aber zu seiner eigenen Heirat kommt, nimmt er sich selten oder niemals solche Mühe. Er wird nahezu durch dieselben Motive wie die niederen Tiere, wenn sie ihrer eigenen freien Wahl überlassen sind, angetrieben, obgleich er insoweit ihnen überlegen ist, dass er geistige Reize und Tugenden hochschätzt. Andererseits wird er durch bloße Wohlhabenheit oder Rang stark angezogen. Doch könnte er durch Wahl nicht bloß für die körperliche Konstitution und das Äußere seiner Nachkommen, sondern auch für ihre intellektuellen und moralischen Eigenschaften etwas tun."[69]

Da könnte Darwin Recht haben, vor allem wenn man in die Disco geht und unter dem Licht von Discokugel und bei 95 dB, wo man die menschliche Stimme kaum erkennt, jemand kennen lernt, sich in den Hintern der Frau verliebt und alles andere vergisst. Für einen One-Night-Stand könnte es für manche egal sein, aber fürs Heiraten ist es für uns alle gleich. Da muss man ein wenig auf den alten Mann mit Bart[70] aus

---

[69] Charles Darwin, die Abstammung des Menschen und die geschlechtliche Zuchtwahl, Verl. e-artnow, S.1169
[70] Die Darstellung Gottes, dass Er ein starker alter Mann mit Bart ist, ist völlig daneben, da man sich die Unendlichkeit nicht vorstellen kann und alle Attribute des Gottes unendlich sind. Außerdem man soll sich den Gott weder mit Bart noch ohne Bart vorstellen und darüber auch nicht denken. Denn wer ihn vorstellt, geht laut Prophet Mohammed zu Grunde.

England hören, wenn man keine bösen Überraschungen erleben will. Denn so verschieden sind wir von Schafen und Ziegen auch wieder nicht, wenn es darum geht, die Gene zu vererben.

Er rat auch manche Menschen davon ab zu heiraten und schreibt: „beide Geschlechter sollten sich der Heirat enthalten, wenn sie in irgend welchem ausgesprochenen Grade an Körper oder Geist untergeordnet wären; [71]alle sollten sich des Heiratens enthalten, welche ihren Kindern die größte Armut nicht ersparen können, denn Armut ist nicht bloß ein großes Übel, sondern führt auch zu ihrer eigenen Vergrößerung, da sie Unbedachtsamkeit beim Verheiraten herbeiführt. [72]

Ich glaube, dass Darwin der schlimmste Theologiestudent war, der je gelebt hat. Heiraten ist ein Schicksal, was in dem himmlischen Computer feststeht. Wenn die Zeit kommt, wird sie oder er irgendwie kommen, wenn er auch vom Schornstein runterfallen oder sie mit dem Fallschirm an dem Tannenbaum in seinem Garten hängen bleiben muss.

Ich kenne ein Türke, der in Japan arbeitete. Er verbrannte sich den Arsch und müsste ins Krankenhaus und lernte so seine Frau. Er heiratete die Krankenschwester. Sie machten zusammen drei Kinder in Japan und kamen in die Türkei, wo ihre Kinder von vielen Menschen bewunderte.

---

[71] Charles Darwin, die Abstammung des Menschen und die geschlechtliche Zuchtwahl, Verl. e-artnow, S.1169
[72] Charles Darwin, die Abstammung des Menschen und die geschlechtliche Zuchtwahl, Verl. e-artnow, S.1170

Außerdem Heiraten ist die beste Quelle, wo man von Gott gesegnet wird, wenn sie von zu Hause aus Liebe ins Universum strahlen und dankbar und fröhlich sind.

Fazit:

Darwin sieht die Welt mit drei Augen; mit einem sieht er die künstliche Selektion, mit dem anderen sexuelle Selektion und mit dem letzten die natürliche Selektion.

Künstliche Selektion:

Der Mensch spielt hier als Regisseur. Er paart die Kälber der Kühe, die am meisten Milch geben. Als Bulle nimmt man auch die Kälber der Kühe mit der größten Milchleistung und durch die richtige Kreuzung entsteht unsere friesische Holstein Kühe, die die Welt dominieren und die andere Kuhrassen außer Stall lassen.

Die künstliche Selektion reicht uns natürlich nicht. Wir nutzen auch Gentechnik, um unsere Gewinne zu maximieren. Wir modifizieren die Gene der Pflanzen und wollen bessere Gewinne erwirtschaften. Die Bienen, andere Insekten und Tiere bedienen sich, ohne zu wissen, was in diesen Lebensmitteln sind. Dann werden sie zwar fruchtbar und gesund, aber nicht mehr so wie früher. Was die Tiere produzieren, nehmen wir auf und der Kreislauf schließ sich. Wir werden auch fruchtbar und gesund, aber nicht mehr so wie früher.

In Europa müssten schon die Alarmglocken läuten, wenn man sich die Entwicklung der männlichen Spermien ansieht. In den letzten 50 Jahren ist die Spermienanzahl der Männer in Europa mehr als 50 Prozent gesunken, wenn man den Ärzten Glauben schenkt.

Sexuelle Selektion:

Wenn die deutschen Frauen immer humorvolle und scharmante Männer heiraten und den Rest nach Thailand oder China exportieren, dann wird das deutsche Volk laut Darwin in 70 Jahren humorvoller als die Engländer sein und den dritten Weltkrieg gegen Engländer auf jeden Fall gewinnen. Denn dieses Merkmal im Krieg humorvoll zu sein, wäre ganz wichtig den Krieg zu gewinnen, so wie ich es im Krankenhaus von alten Kriegsveteranen erfahren habe, die den zweiten Weltkrieg verloren haben.

Wir Männer können natürlich auch für die sexuelle Selektion was tun. Wir müssen dann immer Mädchen mit den größten Brüsten, Lippen und Popo aussuchen. So können wir dafür sorgen, dass in Zukunft weniger künstliche Brüste, Ärsche und Lippen gibt und die Ärzte ihren wertvollen Geist woanders benutzen.

Da kein Mann für sich einen glatten Kopf wünscht und die Frauen die glatzköpfigen Männer nicht unbedingt attraktiv finden, vor allem wenn sie noch sehr jung sind, können wir dieses Problem gemeinsam lösen, indem wir darwinistisch werden und die glatzköpfigen Männer nicht zur Fortpflanzung zulassen. Dann kann man vielleicht das Problem ohne Shampoo und Haarimplantation lösen.

Natürliche Selektion:

Zwei Brüder aus dem Perserreich immigrieren nach Amerika. Der Ali mit blonden Haaren lernt die Sprache und die Kultur, er passt sich an, studiert und macht Geschäfte. Er baut sich eine große Farm. Er beschäftigt viele Menschen und spendet den Bedürftigen Milch, Käse, Wurst etc. Gott sieht seine guten Taten und vermehrt ihn.

Der andere Bruder Kurosh mit schwarzen Haaren fängt an zu trinken, nimmt Drogen und geht nicht zu arbeiten. Für die Sprache bemüht er sich nicht und hat ständig Geldsorgen. So heiratet ihn keine Frau und er stirbt ohne Nachkommen unter der Brücke.

Dann passiert aber trotzdem nach mehreren Tausend Jahren, dass all die Amerikaner wegen klimatischen und geografischen Bedingungen schwarze Haaren wie Kurosh haben, bis die Europäer Amerika entdecken und erobern. Das nennt die natürliche Selektion.

Sir Charles Darwin hat in seinen Schriften so oft die Schwarzen als Wilde und Kaffer beleidigt, dass ich ihn leider als Rassist bezeichnen muss. Aber wenn ich in seiner Zeit gelebt hätte und all die unschönen Dinge im Leben gesehen, gehört und gelesen hätte, könnte ich vielleicht auch nur ein Rassist sein. Hier ist ein Ausblick aus seinen Schriften seiner Zeit:

Wer einen Wilden in seinem Heimatlande gesehen hat, wird sich nicht sehr schämen, wenn er zu der Anerkennung gezwungen wird, dass das Blut noch niedrigerer Wesen in seinen Adern fließt. Was mich betrifft, so möchte ich ebenso gern von jenem heroischen kleinen Affen abstammen, welcher seinem gefürchteten Feinde trotzte, um das Leben seines Wärters zu retten, oder von jenem alten Pavian, welcher, von den Hügeln herabsteigend, im Triumph seinen jungen Kameraden aus einer Menge erstaunter Hunde herausführte, – als von einem Wilden, welcher ein Entzücken an den Martern seiner Feinde fühlt, blutige Opfer darbringt, Kindesmord ohne Gewissensbisse begeht, seine Frauen wie Sklaven behandelt, keine Züchtigkeit kennt und von dem gröbsten Aberglauben beherrscht wird.[73]

6.3 Rassismus, Kinder und Eltern

Wenn eine Nation reich werden will, müssen sie nur eins tun, und zwar ihren Kindern vorlesen. Denn es ist wohlbekannt, dass die vorgelesenen Kinder später mehr verdienen und besser in der Schule sind als die Kinder, den man nicht vorgelesen hat. Es ist auch die beste Prävention für die Immigration, in der Welt, wo die Fremdenfeindlichkeit noch nicht besiegt ist.

Die armen Nationen lesen selbst nicht und schon gar nicht laut vor ihren Kindern. Sie haben nicht gelernt, wie wichtig

---

[73] Charles Darwin, die Abstammung des Menschen und die geschlechtliche Zuchtwahl, Verl. e-artnow, S.1172

das Lesen ist. Das erste Gebot des Islam ist: „Lies!" Aber darauf hören die meisten nicht. Und die Armut ist einer von Gründen, warum die Eltern ihre Kinder verstoßen und aussetzen.

Amala und Kamala waren zwei Mädchen, die in Indien ausgesetzt waren und von Wölfen aufgenommen und ernährt wurden. Amala war so 18 Monate und Kamala ca. 7 Jahre alt. Das Alter weiß man nicht so ganz genau. Vermutlich wurde Amala mit seiner Schwester kurz nach ihrer Geburt ausgesetzt, da viele Eltern in Indien immer noch Angst vor Armut durch Töchter haben.

In Indien übernimmt die Familie der Frau die Hochzeitsgebühren und da sie schön feiern wollen, kostet die Hochzeit jede Menge Geld für die Eltern. Deswegen nehmen die Inder immer noch Kredit auf, mit hohem Zinsanteil, wenn Sie ihre Töchter verheiraten wollen. Viele können dann die Schulden nicht zurückzahlen und machen Selbstmord. Und das sind nicht wenige. Die Zahlen sind nicht so genau, aber man sagt, dass es in den letzten 20 Jahren mehr als 100.000 Väter gibt, die Selbstmord begangen haben.

Die Familie Bansal in Indien verheiratete Ihre Tochter und der Bräutigam bekam 15 Millionen Euro Bräutigamgeld oder Mitgift. Und jeden Tag sterben in Indien 20 Frauen aufgrund des Mitgiftes. Sie machen dann Selbstmord oder werden sie zum Selbstmord gezwungen.[74]

Die Amala und Kamala müssten arme Eltern haben, die Zukunft nur schwarz sahen und sie in den Dschungel warfen. Die britischen Missionare fanden die beiden Mädchen bei den Wölfen. Sie wollten natürlich die Kinder vor den Wölfen retten und die Wölfe die Mädchen vor den Menschen. Am Ende müssten die Wölfe vor den Augen von Amala und Kamala sterben. Wahrscheinlich war es für beide ein schreckliches Trauma und großer Schock, so dass die Eineinhalbjährige Amala nach einem Jahr starb. Die Kamala lebte noch weitere acht Jahre und sie hatte das Wesen eines Wolfes. Sie erreichte ein hohes Alter für einen Wolf. Man hat alles versucht ihr die menschliche Sprache beizubringen. Aber sie konnte leider nicht sprechen und nur wenige Wörter lernen.

Es gab natürlich auch Könige, die von Jesus noch nicht gehört oder auf ihn nicht hören wollten. So machten Pharao Psammetich I. und vermutlich der Friedrich II. Experimente an Waisenkinder.

Der Psammetich I. übergab die Kinder an einen Hirten, der mit den Babys nicht reden durfte. Die Kinder waren nur bei Ziegen. Der Pharao wollte wissen, was die Ursprache der Menschen ist. Am Ende sprachen die Kinder nur die Ziegensprache.

---

[74] https://www.globalcitizen.org/de/content/india-dowry-death-gender-inequality/

Angeblich hätte Friedrich II. auch so ähnliches Experiment gemacht. Er war natürlich barmherziger. Er gab die Kinder den Ammen, die mit den Kindern nicht sprechen und sonst nicht liebevoll umgehen dürften. Bei diesem Experiment starben alle Kinder, weil sie eingesperrt und nicht mal Liebe von Ziegen oder Schafen bekommen haben.

Jesus sagt: „Man lebt nicht vom Brot allein."

Auch die Erwachsenen sterben, wenn sie keine Liebe bekommen und sich selbst nicht mehr lieben. So sterben mehr Leute im Winter, wenn die Tage kürzer und das Wetter schlechter ist und natürlich kaum Besucher mehr kommen.

Unter uns leben immer noch Menschen, die glauben, dass wir im Universum allein sind und tun dürfen, was wir wollen. So lernte man früher auf dem Kopf der Waisen das Barbieren oder machten mit ihnen Experimente statt ihnen Liebe zu geben. Denn nicht ist wertvoller als Liebe, die man einem Waise geben kann. Und man bekommt auch reichlich zurück, da Gott jede gute Tat belohnt.

Um zu verwaisen, muss ein Elternteil nicht sterben. Es gibt heute viele verwaiste Kinder bei den alleinerziehenden Müttern und Vätern oder Patchworkfamilien, wo die Kinder den Partner oder die Partnerin als Fremd sieht.

Paul:

Er war sicherlich einer der intelligentesten und unglücklichen Studenten von Darmstadt. Er hat seinen Vater erst mit 15 gesehen und dabei nichts gefühlt. Er hat sich um ihn nicht gekümmert. Er hat dafür gesorgt, dass er zweitweise Antidepressiva nehmen müsste. Diese Art Waise zu werden, finde ich, dass es eine aggressive Form von Waise zu werden. Denn man weiß, dass er lebt aber im Herzen ist er eigentlich mehr als Tod.

Solche Fälle gibt es genug davon. Neben uns wohnt der Hüseyin. Er geht in den Kindergarten und für ihn ist der Opa alles, da der Vater sich nicht blicken lässt. Die Nachbarn vom Dachgeschoss von Hüseyin ist auch so eine Familie, wo der Vater nie da ist. Unter uns wohnt der liebe Furkan. Sein Vater hat man auch nie gesehen. Zum Glück hat er aber eine starke Mutter, die ihm nie alleine lassen würde.

Afrika ist voller Waisenkinder, da in diesem Kontinent auch genug Männer gibt, die ihre Frauen verlassen, wenn sie schwanger werden oder Kinder kriegen. Dann landen manche Frauen im mittleren Osten und müssen als Dienstmädchen für 150 Dollar ohne Pause von Montag bis Sonntag pro Monat arbeiten, da sie ihren Kindern eine bessere Zukunft wünschen, was viele Doch am Ende nicht schaffen und manche zahlen diese Reise mit dem Tod, wenn Sie einen Hausherren treffen, der ihnen das Leben zur Hölle macht.

Es gab immer wieder in der Welt Zeiten, wo die Hölle die Welt beneidete. Es lebte einmal der König Alexander der Große, der den persischen König Darius besiegte, der ebenso behauptete, dass er reinrassige Arier war. Nachdem er fast die ganze Welt erobert hat, merkte er mit 33 Jahren, dass er bald sterben würde. Er verteilte sein Reich an seine Offiziere und jeder bekam eine Krone. Die Bibel hat ihre Gräueltaten festgehalten und somit sie für alle Ewigkeit verflucht. In der Bibel im Buch der Makkabäer steht:

Frauen, die ihre Kinder hatten beschneiden lassen, wurden auf Befehl (des Königs) hingerichtet; dabei hängte man die Säuglinge an den Hals ihrer Mütter. Auch ihre Familien brachte man um samt denen, die Beschneidung vorgenommen hatten.[75]

Wenn man sich dieses Leiden der Juden vorstellt und trotzdem nichts fühlt, der soll sich seine Menschlichkeit in Frage stellen.

Mit dieser Assimilationsmethode der Juden wird man sprachlos und wenn man dieses Bild sich vorstellt, wo die Mütter Tod ihre Babys am Hals tragen statt liebevoll am Arm, tut mir das Herz weh. Ich frage mich, wie ein Mensch so ein Ungetüm sein kann und um welchen Preis solche Gräueltaten getan werden könnte. Jetzt bin ich froh, dass Gott an alles gedacht hat und auch an die Hölle. Die Hölle erleichtert mir den Schmerz. Die Rassisten sollten auch mal ihre Augen schließen und dran denken, was die Griechen und die Nazis an jüdischen Kinder getan haben, um zu sehen, was der Mensch dann geworden ist. Vielleicht merken sie, dass sie am falschen Weg und Ufer sind.

Wenn der Mensch Rassist wird, wird schlimmer als die Wölfe, die Amala und Kamala liebevoll aufgezogen haben.

---

[75] Bibel(Herder),Altes Testament, das erste Buch der Makkabäer 1:60,61

Rassismus war nicht der einzige Grund, warum die Kinder sterben müssten. Wie die Eltern von Amala und Kamala hatten viele Eltern Angst vor Armut. Und viele Polytheisten haben vor Islam ihre Töchter lebendig in der Wüste begraben, weil sie Töchter wertlos und als Schande ansahen. In der Zeit dachte man in vielen Ländern, ob die Frauen Menschen seien oder nicht. Sie dürften weder erben noch Besitz haben. Die Araberinnen hingegen dürften wenigstens Besitz haben und Wirtschaft betreiben. Sowas wie Liebesehen gab es natürlich nur im Traum.

In den Schriften von Charles Darwin liest man auch, dass Kindesmord nicht nur in Arabien, sondern überall auf der Erde stattgefunden hat. Er schrieb folgende Sätze darüber: „Der Kindesmord hat im größten Maßstabe in der ganzen Welt geherrscht und hat keinen Tadel gefunden; es ist im Gegenteil die Ermordung von Kindern, besonders von Mädchen, als etwas Gutes für den Stamm oder wenigstens nicht als schädlich für denselben angesehen worden."[76]

Wir können heute froh sein und einsehen, dass wir uns seelisch und geistig nicht mehr in diesem Status befinden und uns weiter entwickelt haben und überall den Kindern durch einen Mausklick helfen können und helfen sollten.

Rassismus hat viele Träume der Kinder getötet. So hat auch die Literatur jmd. wie Anne Frank verloren. Sie wäre

---

[76] Charles Darwin, gesammelte Werke, Vergleichung der Geisteskräfte des Menschen mit denen der niederen Tiere (Fortsetzung) e-artnow Verlag, S.227-228

bestimmt einer der besten Schriftstellerin ihrer Zeit. Aber sie hatte keine Zeit erwachsen zu werden wie alle anderen Menschen. So ist sie innerhalb von zwei Jahren mehr als 20 Jahre gewachsen. Sie teilte die kleine Wohnung mit 8 Personen und verliebte sich noch in den Peter, der drei Jahre älter als sie ist. Er war 17 und sie 14 Jahre alt. Die Liebe gedeiht überall auf der Erde kennt eben keinen Krieg. Leider müssten sie alle sterben bis auf den Vater von Anne Frank. Ich weiß nicht, ob sie die Bibel gelesen hat, aber ein Gedicht von ihr erinnert mich an Jesus:

Die eigenen Fehler wiegen nicht schwer,
Doch die der anderen um so mehr.
Oft wirst du ermahnt, musst vieles hören,
Gar manches wird Dich sicher stören,[77]

Es wäre schön, wenn die Kinder in den Kriegen nicht mehr sterben würden. Sie ist nur ein Kind von Millionen jüdischen Kindern, die im Krieg getötet wurden.

Der Teufel freut sich auf den nächsten Krieg. Im gefällt das, wenn wir solche Gräueltaten wieder begehen.

Martin Luther warnt uns vor Teufel mit diesen Worten: „O was für tolle, unsinnige Narren sind wir: wir müssen unter solch mächtigen Feinden, wie die Teufel es sind, wohnen oder doch wenigstens herbergen. Und dabei wollen wir unsere

---

[77] Das Tagebuch der Anne Frank, Fischer Verlag, 55. Auflage, S. 67

Waffen uns Wehr verachten und zu faul sein, um nach ihnen zu sehen oder an sie zu denken!"[78]

Heute glauben viele nicht an den Teufel, obwohl jeder von uns den Tod von George Floyd mit eigenen Augen gesehen hat. Auch der Mensch kann ein Teufel werden, sogar einer von Besten. Was ist denn für eine Kraft in Menschen, die den Menschen solche Taten machen lässt. Wie soll sie heißen und wie sollen wir sie nennen? Man findet eben keine passenden Worte.

6.4 Rassismus und Liebe

Alle arrangierten Ehen sind rassenorientiert und halten länger. Bei den Deutschen gab es mindestens 1000 Jahrelang Muntehen. Das heißt, die Vormundschaft der Frau durch Bezahlung des Brautpreises dem Ehemann überlassen. Die Frau dürfte sich nicht scheiden und er konnte eigentlich mit ihr und ihrer Kinder machen, was er wollte. Endogamie war die gängigste Heiratsform. Heute ist sie immer noch präsent; vor allem bei den Zigeuner und Beduinen, die nicht sesshaft sind. Natürlich bei den Türken, Araber und Kurden ist es nicht anders, wenn die Kusine gut aussieht.

---

[78] Martin Luther, Gesammelte Werke, Vorrede Martin Luthers für die Pfarrer und Prediger (1529), Verlag e-artnow, S. 3485.

Gutaussehen hilft aber nicht, wenn man als ein Dalit in Indien geboren wird. Denn dich soll man ja gar nicht berühren sollen und dürfen.

Es ist leider die Realität, dass man eine Dalit in Indien nie heiraten würde, wenn man als brahmanischer Arier geboren wird.

Die Liebesehen, so wie wir heute kennen, sind noch zu jung. Und ob es so eine wahre Liebe durch Tippen und Bilder schicken entstehen kann, ist auch fraglich.

Die Liebe und das Geld sind die besten Beweise dafür, dass es zwischen den Menschen keine Rassen gibt. Erfahrungsgemäß funktioniert die Liebe aber nicht zwischen serbischen Frauen und deutschen und englischen Physiker, was ich im Studium durch Beobachtung festgestellt habe. Ansonsten jeder Mann kann jede Frau umarmen und jede Frau mit jedem Mann schmusen und alle möglichen Smiles verschicken. Hauptsache die Herzen sind auf der gleichen Wellenlänge und der Mann ist jemand, der gut fischen kann.

Als Kind hörte ich den Männern gerne zu und ein Freund von meinem Vater erzählte uns folgende Geschichte:

Ein tüchtiger blinder Mann hat eine schöne Frau geheiratet. Jeden Abend brachte er frisches Brot vom Bäcker und alles was die Frau in der Küche brauchte. Dann liefen die Geschäfte nicht so gut und der blinde Mann hatte kein Geld und kam eine Weile ohne Brot und nichts nach Hause. Die Frau sah ihn wieder ohne Brot und volle Tüten vor der Tür und sagte:

„Mann, bist du blind oder was? Wir haben nichts mehr zu essen."

Die Geschichte scheint uralt zu sein, wo die Frauen nicht arbeiten und für sich selbst sorgen könnten. Aber damals lachte ich darüber, weil er witzig erzählen konnte. Dann hörte ich nach zig Jahren wieder, aber von einem Imam. Da habe ich aber nicht lachen können. Entweder habe ich mich geändert oder der Imam sollte nicht so witzig sein.

Ein deutsches Sprichwort aus dem 17. Jahrhundert sagt: „wenn die Armut zur Tür hineingeht, fliegt die Liebe zum Fenster hinaus." Naja, vielleicht hat es damals überall gestimmt und heute könnte teilweise stimmen.

In Pfungstadt, wo ich jetzt lebe, stimmt das ganz bestimmt nicht. Aufgrund Pfungstädter Bier fühlt man sich hier nie alt und arm und die Liebe findet auch ganz schön in der Coronazeit statt. Den Beweis liefert eine regionale Zeitung „Pfungstädter Woche". Sie kommt jede Woche. Hier ist ein kleiner Ausschnitt vom Frühling 2021:

Sie sucht ihn

Ich bin Katherina, Ärztin im Ruhestand und natürlich schon geimpft. Ich werde dieses Jahr noch 81 Jahre alt und möchte nicht mehr alleine bleiben, die letzten Monate waren traurig genug, jetzt, da wir geimpft sind, geht es nur noch um „UNS ZWEI" und dass wir das verlorene Jahr aufholen. „Ein Herz voller Liebe", „kuscheln", und „streicheln". Ich möchte Zärtlichkeit, Nähe, Wärme, zusammen und nicht unbedingt miteinander schlafen und vieles andere, was für mich wichtig ist, fortsetzen... Mit einem Mann, den ich liebe, all das teilen zu können, ist eine Vorstellung, von der ich glaubte, sie bleibt für immer ein Traum... Man sagt von mir, dass ich lustiger und fröhlicher Mensch bin und andere mit meinem Lachen anstecke. Ich lache gerne – du auch? Zu meinen Charaktereigenschaften gehören u.a.: Ehrlichkeit, Zuverlässigkeit und Hilfsbereitschaft bei Krankheiten. Ich bin eine lebenslustige, bodenständige, natürliche und jung gebliebene Person, die auch das Spontane oder Romantische mag. Jetzt wünsche ich mir privat Glück, dass du anrufst...

Er sucht sie

Ich bin geimpft und jetzt wünsche ich mir noch einmal: „LIEBE OHNE LEIDEN UND EINE HAND, DIE MEINE HÄLT."

Johannes, 82 Jahre, verwitwet, früher war ich im Finanzbereich tätig, innerlich und äußerlich jung geblieben und ein lebendiger Gentleman, der sich wieder eine Beziehung wünscht, in der gegenseitigen Respekt und Achtsamkeit Platz haben. Ich bin ein herzlicher Mann, der ganz alleine in seinem Haus seine Zeit verbringt, und wünsche mir, dass in einer Beziehung nach und nach eine tiefe Verbundenheit wächst. Werte wie Vertrauen, Zuverlässigkeit und Offenheit sowie gegenseitiges Geben und Nehmen sind mir wichtig in einer Partnerschaft. Ich bin eine reife und stimmige Persönlichkeit mit Stärken und Schwächen und einer großen Portion Liebe im Herzen. Bin witzig und lach' auch über mich selbst, habe Herzenswärme u. Abenteuergeist. Ich wünsche mir Ehrlichkeit, Zärtlichkeit,

Vertrauen u. ewige Liebe! Die Jahre sind zu kostbar, die Zeit ist zu kurz, um zu warten, bis wir uns zufällig treffen. Lassen Sie das Glück u. den Frühling in unsere Herzen. Bitte greifen Sie mutig und gleich zum Telefon, rufen Sie an…

Der Körper wird zwar alt, aber die gemeinsame Suche der Liebe aller Lebewesen hört nie auf.

Da wo es noch keine Zeitung gab, suchte man auch nach Liebe. Es gab vor Islam viele Heiratsformen und eine davon heißt Istibda, die durch Prophet Mohammed verboten wurde. Bei dieser Ehe der eigentliche Ehemann schlief nach der Periode seiner Frau nicht mehr mit ihr und schickte sie zu einem anderen Mann, der adelig und intelligent war. Wenn die Frau von ihm schwanger war, kam sie wieder zurück nach Hause und gebar das Kind bei dem eigentlichen Mann und das Kind gehörte dem eigentlichen Ehemann. Der Erzeuger hatte dann nicht mehr zu sagen.

Der Alex nannte übrigens seinen Vater auch nur als seinen Erzeuger und hatte Jahrelang keinen Kontakt zu seinen Eltern und seine anscheinen gebildete Eltern, die Ärzte waren, kümmerten sich auch nicht um ihn. Der Entzug der Liebe machte aus so einem starken Mann ein schwacher Mensch, der aus Mangel des Vertrauens keine Beziehung bauen könnte.

Der Markus aus Habitzheim bekam viel zu viel Liebe von Frauen. Niemand konnte zählen, wie viele Frauen er glücklich und dann wieder unglücklich gemacht hat. Er konnte durchaus der Stammvater aller Nationalitäten sein, da Darmstadt eine multikulturelle Studentenstadt ist.

Der Markus kannte aber keine Grenzen und von Frauen wurde er nie satt. Naja, er ist auch nicht alleine schuld. Alles was er sagt, gefällt einfach den Frauen. Wenn ich einer Frau sage: „meine Freundin ist letzte Woche gestorben und ich habe sie unter dem Baum alleine begraben, wo wir uns zum ersten Mal geküsst haben. Magst du mit mir zusammen Kaffee trinken? Mir geht es nicht so gut." Ich werde sofort abgewiesen und mit tödlichen Blicken angeschaut. Und wenn dasselbe der Markus sagt, fangen die Frauen an, mit ihm zu weinen. Er bekommt dann bei ihnen Übernachtung und Verpflegung, damit er sie ja so schnell wie möglich vergisst.

Auf dem Zug traf ich seinen ehemaligen musikalischen Nachbar, der gerne ein Star sein wollte und mit Dreadlocks und Gitarre sein Glück suchte. Wir redeten über Markus und er sagte mit kalter Stimme: „von mir aus kann er sterben!" Ich fragte ihn, warum er das sagt. Denn für mich war immer ein guter Freund. Es war wieder wegen Frauen. Der Markus schlief mit seiner Freundin, die er heiraten wollte. Seine Freundin hätte ihm gebeichtet, dass sie mit Markus geschlafen hat. Er verließ die Freundin und die Freundschaft zwischen Markus und ihm ging auch zugrunde, indem der Markus das Herz von seinem Nachbar gebrochen hat.

Innerhalb von 7 Jahren ging dem Markus schlecht, wie die Indianer gesagt haben. Er hatte seelische Schmerzen und suchte nach psychologischer Hilfe, obwohl er so stark, groß und gutaussehend war.

Man muss wissen, dass jede Freundschaft entweder ein Gewinn oder ein Verlust ist. In dem Fall hat der Nachbar die Freundin verloren und der Markus dagegen seine Gesundheit. Heutzutage ist es sehr wichtig, mit welchem Mensch man Beziehungen pflegt. Wenn man spürt, dass ein Freund Tendenzen zum Lügen, Angeben, Selbstlob, Arroganz und Streiten hat, sollte man ohne Überlegen die Freundschaft beenden. Erster Schritt ist ihn überall zu blockieren. Dann so tun, als ob man ihn nie kennen gelernt hat. Man muss sich dabei auch so fühlen, als ob man für seine Gesundheit in einem türkischen Hamam von einem Tellak geschruppt wird. Denn er ist vor allem eine Gefahr für die körperliche, geistige und seelische Gesundheit. Ein schlechter Freund kann all diese drei Teile des Menschen so beschädigen, dass man vor die Hunde gehen kann. Es ist wichtig, dass man handelt, bevor man seinen Körper, Geist und Seele kaputt macht. Viele unterschätzen diese Gefahr der Freundschaft und riskieren ihre Gesundheit, was das größte Reichtum eines jeden Menschen ist.

6.5 Rassismus und Freunde

Mein lieber Freund, hör auf dich mit Menschen zu befreunden, die außerhalb unserer Moral sind, keine emotionale Intelligenz besitzen, sich nicht entschuldigen, wenn Sie Fehler machen und krankes Herz haben. Denn der Mensch ähnelt sich den Mensch, mit dem man bestimmte

Dinge unternimmt und in Kontakt bleibt. Heimlich nisten sich erst seine Körpersprache bei uns ein und dann die Sprache und wenn wir weiterhin befreundet bleiben und Zeit miteinander vertreiben, werden wir genau so wie Sie, ohne wir es merken. Das ist die wichtigste Weisheit, die ein Mensch wissen muss, damit man sich schützt und ein glückliches Leben führt.

Auch der Hund und Tiere gleichen sich ihren Besitzern an. Sobald die Bindung besteht, werden die Spiegelneuronen aktiviert. Das ist die einfache Devise und das gilt sowohl zwischen Mensch und Mensch und als auch Mensch und Tier.

Man sagt, dass die beste Medizin für Menschen der Mensch ist, und auch das schlimmste Gift, denke ich. Nicht selten werden die Menschen wegen anderer Menschen psychisch krank. Erst wird es nur ein kleines Gefühl wie ein Schneeball. Aber wenn man weiter diesem Gefühl Aufmerksamkeit gibt und sich damit beschäftigt, wird es zur Lawine und am Ende zerstört sich selbst. Jede Lawine hat das gleiche Ende, und zwar, dass sie sich selbst zerstören. Und damit der Mensch sich selbst nicht zerstört, muss er nur klug sein und den Menschen ausfiltern, die wie beschrieben sind. Ansonsten besteht die Gefahr, dass sie bei uns Gefühle hervorheben und wir uns damit selbst zerstören, da wir vielleicht keine Erfahrung haben, wie wir mit solchen Gefühlen umgehen werden.

Wenn du nicht an mich glaubst, dann such dir Freunde, die beim Verletzen anderer Menschen keine schlechten Gefühle empfinden, beim Lügen Spaß haben, egozentrisch sind und natürlich als Bonus ein krankes Herz haben. Beim Befreunden solcher Menschen wirst du innerhalb kürzester Zeit krank werden. Rassismus ist auch eine besondere Krankheit, in der man bewusst seine Spiritualität tötet und sich dem Gott entfernt. Denn man kann nicht Rassist sein und gleichzeitig in die Kirche, Moschee oder in einen Tempel gehen und als Heuchler neben anderen Volksangehörigen beten, da weder in der Kirche als auch in der Moschee Rassentrennung gibt. Niemand hat da einen goldenen Stuhl.

Lieber Freund! Bei Freundschaft „Egal" gibt es nicht. Man gleich sich an. Und sobald ein Rassist dazwischen kommt, wird man zumindest einige rassistische Gedanken und Gefühle mit nach Hause nehmen, auch wenn man gleich nicht so wird wie er. Aber es wird eine Gefahr bestehen, dass sie so werden wie sie, wenn es starke Bindung wie Freundschaft gibt.

Ein Freund von mir war abhängig von amerikanischen Gangsta-Rap. Singen konnte er zum Glück nicht, da er sonst noch mehr Schaden in Darmstadt und Umgebung veranstaltet hätte. Er behandelte die Frauen, wie er sie von den Liedern kennen gelernt hatte. Alle waren bitches oder biatch. Je schlechter er sie behandelte, desto mehr Frauen bekam er. Ich wollte irgendwann auch eine Freundin haben und nahm ein wenig von ihm Unterricht. Ich fragte ihn, wie ich eine Frau ansprechen könne. Er sagte: „die Frauen sind ein Stück Scheiße. Denk so über Frauen. Dann kommen sie"!

Tatsächlich wechselte er Frauen wie die Unterhose eines Babys. Mit 20 hatte er schon 4 Kinder von 4 verschiedenen

Frauen. In Mathe war er aber sehr schlecht. Eines Tages kam er zu mir, um Mathe zu lernen. Er kapierte gar nichts. In seinem Gehirn war alle Speicherplätze für Frauen reserviert.

Er war frauenzentriert. Wie die meisten Männer änderte sein Verhalten, sobald eine Frau sich an uns näherte. Dadurch ist er auch nicht glücklich geworden. Wie der Markus, brauchte er auch seelische Hilfe. Sie könnten mit der schönsten Frau der Welt glücklich sein, aber sie haben leider nicht verstanden, wie das Leben funktioniert.

Ich und Markus kannten uns schon seit 2001, wo ich nach Deutschland kam. Er konnte mein erster Deutschlehrer sein. Ich nutze jede Gelegenheit, um deutsch zu lernen. Ich war 17 und schulpflichtig war ich nicht mehr. Aber ich wollte studieren und dafür musste ich erst Deutsch lernen.

In Habitzheim fuhr ab 19 Uhr kein Bus mehr und die Kinder versammelten sich in der Haltestelle, wo es von Straßenlaternen beleuchtet wird. Da lernte ich das Wort Frost, da der Markus mir mit dem Finger auf den Frost an der Glasscheibe von Haltestelle zeigte. Dann zeigte er mit dem Finger auf den Himmel und sagte: „Guck! Das ist der Pimmel." Ich freute mich, dass ich an einem Abend zwei Wörter gelernt habe. Dann ging ich am nächsten in die Diesterwegschule in Darmstadt, wo ich deutsch lernte. Im Unterricht sagte ich der Lehrerin, dass der Pimmel heute so schön ist. Sie war ein wenig sauer und sagte: „das ist Himmel Mustafa! Himmel! Verstanden?" Dann guckte ich in mein Wörterbuch und verstand, was der Markus mit mir gemacht. Diese 3 Wörter erinnern mich auch an Ihnen, da ich sie dank ihm gelernt habe.

Im Jahr 2017 trafen wir uns wieder und da wir aus dem gleichen Dorf kommen, gingen wir sofort zusammen was trinken. Er fragte mich mit traurigem Ton: „fühlst du dich hier noch wohl Mustafa?" Ich konnte ihm keine richtige Antwort geben. Denn ich glaube, dass die Deutschen nicht zweimal denselben Fehler machen werden. Es ist wohl bekannt, dass ein Esel in ein Loch nicht zwei Mal hineinfällt. Und wenn nicht mal die Esel diesen Fehler machen, müssten die Deutschen, die zurzeit einer der intelligentesten Völker auf Erden zählen, auch nicht tun, denke ich.

6.6 Rassismus in Wohnungssuche

Zwar habe ich noch keine Anzeige gelesen, dass die Vermieter lieber ein Rassist als Mieter suchen oder zumindest nicht eingeben, dass sie lieber einem Rassisten die Wohnung vermieten, obwohl manche ausdrücklich angeben, dass Ausländer nicht erwünscht sind. Das bedeutet, dass auch der Papst die Wohnung nicht kriegt, obwohl vielleicht sie keinen besseren Mieter gefunden hätten.

Das ist die eine Seite der Medaille. Auf der anderen Seite finde ich einige Vermieter schlimmer als alle Rassisten, und zwar seit Syrienkrieg. Die Mitpreise sind sukzessiv gestiegen, obwohl die Mietpreise aus menschlicher Sicht sinken sollte, da es einen Krieg gibt und die Menschen flüchten. Das machte Wohnungsmangel und was mangelt, wird eben teuer, auch wenn es mit Gewissen nicht vereinbar ist.

Wir haben Menschen erschaffen, die jede Situation ausnutzen, die Mietpreise zu steigern, auch wenn es durch viele Tränen und Kummer entstanden sind. Und die schlimmsten sind die an den Grenzgebieten, weil es da noch mehr Leiden gibt. Das heißt, dass die Menschlichkeit vielleicht nur noch in Worten existiert und mehr nicht.

Die Vermieter wollen heutzutage mehr als die Hälfte des Einkommens für ihre gestrichene Mauer. Und dazu haben wir eine Nachbarschaft von null Prozent. Niemand würde an der Tür klingeln und fragen, wie es einem geht und ob man etwas braucht. Viele sind in ihrer Wohnungen depressiv und brauchen menschliche Nähe und leider finden sie niemanden mit dem sie reden könnten. Es gibt zwar Menschen, die sich darum kümmern. Aber die sind sehr wenige. Das ist gegen das menschliche Wesen. Individualismus ist gegen die Natur der Menschen. Und es gibt einige wenige Menschen, die damit glücklich leben können.

Jon Kabat- Zinn warnt uns vor Isolation und schreibt folgende Sätze, was auch in den Zeiten wie Corona auch sehr wichtig sein wird: „wie schon seit langem bekannt ist, sind gesellschaftlich isoliert lebende Menschen seelisch und körperlich oft weniger gesund und leben weniger lang als gesellschaftlich aktive und kontaktfreudige Personen. Bei allen Todesursachen bilden in allen Altersgruppen

Alleinstehende gegenüber Verheirateten die statistisch größere Gruppe."[79]

Wir sind eben soziale Wesen und vor allem die Isolation aufgrund der Kränkung, Kummer und Enttäuschung kann einen Menschen sowohl psychisch als auch somatisch krank machen. So wie ein Lamm Opfer von Wölfen oder anderen Raubtieren wird, wenn er die Herde verlässt, so wird der Mensch Opfer von Satan und satanischen Menschen und Wesen, wenn er seine Familie, Freunde und Verwandte verlässt.

Eher oder später wird uns der Tod alle umarmen und aus diesem Leben reißen. Man sollte ab und zu seinen Tod vor dem geistigen Auch erstehen lassen und nachdenken, ob es sich lohnt, Hass, Nein, Habgier, Rassismus oder wie Arroganz, usw. in seinem Herzen Platz geben soll oder nicht.

Mir ist auch vorgekommen, dass bei der Wohnungssuche der Makler mir sagte, dass der Vermieter keinen Ausländer möchte. Ich bekam die Wohnung nicht, weil er einen echten, reinrassigen Deutschen wollte. Auch wenn er so einen Mieter findet, werden sie sich sicher aus dem Weg gehen. Denn die Vermieter wollen in Deutschland eine gewisse Distanz haben, eine Grenze ziehen, damit wenn schlimmste entsteht, gesichtslos sein können. Sie erwarten oft das schlimmste und das wiederfährt den auch.

---

[79] Jon Kabat-Zinn, Gesund durch Meditation

Ich denke, dass man den Mietpreis in der Zukunft ohne den wirtschaftlichen Aufschwung des Landes nicht erhöhen darf und die Vermieter die Miete anpassen müssen, wenn es eine Rezession gibt. Das müsste die Regel und Basis für die Mietpreise sein. Natürlich sollte auch ein guter Vermieter bei einer individuell persönlichen Rezession helfen. Aber es ist leider nicht mehr der Fall. Die Mieter werden meistens als Geldobjekt gesehen und nicht als Seelenträger.

Als Student sagte mir mein Vermieter: „wenn du die Miete nicht bezahlen kannst, würde ich auf die Tränen deiner Augen nicht hinschauen und dich aus der Wohnung schmeißen!" Er war wenigstens ehrlich und sagte, was er im Herzen ist, was einen Menschen sehr traurig macht, wenn man sieht, was man wegen des Geldes tun und lassen kann.

7 Islamfeindlichkeit

Wenn nur 1 Prozent der Moslem richtig beten könnten, wären Sie in der Welt nicht so verachtet und verhasst. Wenn die Bauer beten, denken Sie an ihr Vieh und Felder und wenn die Wissenschaftler beten, denken Sie an ihre Projekte. Die Arbeiter denken dann immer an Rechnungen und Geld. Die Jugendlichen sind heute leider nicht mehr imstande zu beten. Sie haben im Kopf Computer und Spiele.

Die meisten Moslems haben leider Koran nicht gelesen und auch nicht verstanden. Sie wissen nicht, dass Sie einen Propheten haben, der die Ärmel seines Gewandes geschnitten hat, damit die Katze beim Schlaf nicht gestört wird, weil die Katze auf seinem Gewand schlief.

Man sieht heute Selbstmordattentäter, obwohl sie in der Zeit von Prophet Mohammed nicht gegeben hat. Ich denke, dass manche Moslems dieses Verhalten vom japanischen Todesflieger gelernt haben. Sie sollten lieber die Religion von Japaner praktizieren und nicht von Prophet Mohammed.

In Islam dürfen die Kamele und Esel nicht überlastet werden. Sie sollen nur so viel Last tragen, was sie auch ertragen können. Dennoch werden die muslimische Arbeitet in ihren Ländern miserabel behandelt und ihnen so viel Last auferlegt, dass sie nach Europa flüchten wollen. Es wird 6 Tage in der Woche 12 Stunden pro Tag für wenig Geld gearbeitet. Den Arbeitern werden so viel Zeit entzogen, dass die meisten nicht mal Zeit haben ein Buch anzufassen oder mit der Familie über die schöne Seite des Lebens zu reden.

Ohne Menschlichkeit kann es auch kein Islam geben. Und heute gibt es kein Islam, dass ich mit guten Gewissen sagen kann, dass es Islamfeindlichkeit nicht gibt.

Prophet Mohammed sagte, dass das Paradies unter den Füßen der Mütter liegt und man die Frauen und Familie gütig behandeln soll, wenn man zu den besten Männern gezählt werden will. Das sagte er in der Zeit, wo eine Frau manchmal billiger war als ein Sack voll Datteln.

In der Zeit konnte man in Europa die Kinder ab 7 Jahren verloben und mit Zwölf verheiraten, wenn man die Munt bezahlen konnte. Die Frauen wurden in Europa leider auch als Kaufobjekt angesehen.[80]

Es ist auch nicht lange her, dass die Moslems mit der Tradition aufgehört haben, Brautgeld zu verlangen. Und ganz verschwunden ist es auch nicht. Es ist auch eine Tatsache, dass die muslimischen Frauen weniger lesen als die Christen und Juden. Meine Omas könnten beide nicht lesen und schreiben, während der Oma meines Freundes Johannes gerne Krimis las. Aber keine Sorge laut Charles Darwin stammen wir alle von Barbaren ab und können uns weiterentwickeln, egal woher wir auch stammen.[81]

Es ist unser Geist, der die Menschen bewundert und liebt, die geistreich, gebildet und schöpferisch sind. In den muslimischen Ländern sind die Bibliotheken sehr mangelhaft und die Menschen lesen auch selten.

Als Kind geht man in die Koranschule und lernt Koran, ohne zu wissen, was die Wörter bedeuten. Es wird nur beigebracht, wie man die Buchstaben lesen kann. Die meisten Moslems wissen nicht, was sie sagen, wenn sie beten, da sie auf Arabisch beten und es kaum Motivation und Fördermittel gibt, damit die Menschen endlich wenigstens wissen, was sie beim Gebet sagen.

Sie lernen Islam den Islam auf den Straßen vom Hörensagen, was meistens besser ist als vom jemandem, der Islamgelehrte

---

[80] http://www.kleio.org/de/geschichte/mittelalter/alltag/kap_v11/
[81] Vgl. Charles Darwin, die Abstammung des Menschen und die geschlechtliche Zuchtwahl, Verl. e-artnow, S.1172

ist, aber nicht weiß, was das Herz vom Koran und Hadithen (Überlieferungen) sind.

Der Mensch liebt das wahre und was sich als Lüge oder falsch entpuppt, mag der Mensch nicht. Und was der Mensch nicht mag, begibt er sich heimlich zur Feindseligkeit dieser Tatsache. Es gibt aber auch Feindseligkeit aus Ignoranz und Gemütlichkeit.

Die Menschen lieben nicht mehr Islam. Das stimmt nicht. Die Menschen hassen die Moslems, und zwar die Moslems, die außerhalb der islamischen Zone leben. Der Islam blüht durch Liebe und Wissenschaft. Und die beiden Flügel haben die Moslems schon lange abgeschnitten und als Resultat werden sie gehasst und verachtet.

Niemand hasst einen Wissenschaftler, der durch Technik die Bürde der Menschen um vielfache erleichtert. Niemand hasst einen Mann, der sein Leben riskiert aus dem Maul eines Löwen ein Kind rettet. Das sind die beiden hauptsächlichen Ziele des Islam. Also Niemand würde den Islam hassen, wenn man sich damit beschäftigt hat, einen gerechten Geist besitz und die Geschichte der Menschheit kennt.

Die Geschichte mit einem Priester und Imam:

Ich habe viele Jahre Koran und Bibel gelesen und studiert. Am Ende fragte ich einem Priester und einem Imam dieselbe Frage. Keiner von Ihnen konnten darauf eine Antwort geben. Ich fragte erst einen Priester: „Was ist eine Sünde im Christentum, die im Islam keine Sünde ist?"

Er wusste nicht. Ich habe viele Tage darüber nachgedacht und weiß ich auch nicht. Alle Sünden, die mir im Christentum einfallen, ist im Islam auch eine Sünde. Dann fragte ich einen Imam und er wusste auch nicht. Wenn es welche gibt, fallen wir irgendwie abrupt nicht ein.

Die kleinste Sünde eine Ameise grundlos zu töten, ist im Christentum eine Sünde, und im Islam auch.

So gesehen gibt es ein großer Irrtum in der Welt über Islam. Hoffentlich ändert das sich, da sowohl der Mensch als auch Tier ungern diskriminiert werden will.

8 Integration

Integration ist ein anderes Wort für Addition. Wenn man integriert, addiert man etwas dazu, was schon davor existiert hat. Damit die Integration funktioniert, muss man nicht nur darauf addieren, sondern auch dazu zählen.

Einer der blödesten Philosophiestudenten von Darmstadt sagte mir: „du kannst zwar Deutscher werden, aber nie ein Deutscher sein." Er konnte halt bis zum Spermatozoid denken, der aus Millionen Spermien auserwählt wird, um die Eizelle zu befruchten. Sein Vater und seine Mutter waren Deutsche und er musste sich obligatorisch als Deutscher bekennen. Das ist auch nicht verkehrt, aber wenn man weiterdenkt, sieht man, dass wir Alle den gleichen Vater und die Mutter haben.

Ich sagte ihm, dass ich Kurde bin und deutsche und kurdische Sprache verwandt sind und fragte ihn, woher diese Verwandtschaft der Sprache kommt. Darauf gab er keine Antwort.

Der Mensch muss eben erkennen, dass wir keine Vögel sind. Die Vögel fliegen mit ihren gleichen. Die Tauben fliegen niemals mit Falken oder Sperlingen. Die Sperlinge fliegen auch niemals mit Raben oder Stieglitzen. Wir müssen erkennen, dass unser Herz nach dem gleichen Prinzip funktioniert, auch wenn wir so unterschiedlich aussehen, solange der Mensch nicht ein Psychopath oder Narzisst ist, der jeden fertig macht, wenn er im Spiegel sich ein wenig hässlich empfindet.

Wenn der Mensch sich kennen lernt und erkennt, wie wertvoll er ist und was wirklich zählt, kann die Integration auch funktionieren. Egal woher die Menschen kommen, die einen freien Geist haben, verstehen sich. Aber die Menschen, die sich ihrem Ego versklavt haben, können sich niemals verstehen, egal ob sie von der gleichen Mutter oder Volk stammen. Das Ego ist der Feind der Integration.

Es gibt auch Menschen, die denken, dass die Ausländer ihnen das Brot wegnehmen. Angst vor Armut töteten schon die Wilden überall auf der Erde ihre Kinder, wie Charles Darwin in seinen Schriften erwähnt hat. Wenn man diese

Geisteshaltung hat, kann die Integration niemals funktionieren. Der Mensch ist nun mal ein Wanderfalke. Wenn das Habitat nicht mehr in Ordnung ist, fliegt der woanders. So wanderten im 19. Jahrhundert Millionen Deutsche nach Amerika. Heute wandern die Menschen nach Deutschland.

Wir müssen uns klar machen, dass wir nur ein Erdball haben. Wenn wir es schaffen, dass die armen Länder, wo es keine Arbeit und Hoffnung gibt, Arbeit und Hoffnung gibt, dann würde auch niemand ihre Heimat verlassen und sich ins Ungewisse stürzen. Denn nicht jeder kann sich integrieren.

Meine Omas könnten sich in der Türkei nicht integrieren. Sie konnten die Sprache nicht lernen. Aber es gab Liebe, Respekt und Akzeptanz vor Ihnen. Niemand schaute sie mit herabsetzenden Blicken. Es war einfach zu spät für sie. Sie hatten keine türkischen Nachbarn und man brauchte diese Sprache in dem Dorf nicht.

Der Massimo aus Italien konnte auch kein Deutsch lernen. Er war die ganze Zeit in der Küche und kochte für uns. Alle waren Italiener und wenn der Kellner ein wenig Deutsch konnte, hätte für das Überleben gereicht.

Man redet oft von Parallelgesellschaften, ohne sie diese Menschen je in ihre Wohnungen eingeladen zu haben. Man betrachtet sie als Gastarbeiter und Fremde, die wieder gehen könnten.

Eigentlich die Hälfte der Ausländer sind gegen mindestens andere Hälfte der Ausländer und sie integrieren sich gegenseitig nicht. Im Studium sah ich auch nur, dass die Chinesen mit Chinesen lernen, Deutsche mit Deutschen und alle anderen wollten auch mit ihren Landsleuten lernen. Die Sprache spielt da eine große Rolle, da sie sich in ihrer Muttersprache leichter ausdrücken können.

Die Sprache und die Liebe sind zwei Schlüssel, die die Tür der Integration öffnen können. Wenn es mit Sprache nicht geht, dann geht es eben mit Liebe.

Der Massimo war ein richtiger Italiener. Einer von seinem Landmann wollte mich über den Tisch ziehen. Der Massimo schrie ihn an und sagte ihm mit böser Stimme: „vaffanculo!" Er war dann ruhig, und zwar ganz ruhig wie ein armer Straßenhund, der von einem tibetischen Mastiff angebellt wird. Vaffanculo ist das Zauberwort der Italiener, damit die anderen sich verpissen und bedeutet so viel wie „Fick dich", „Verpisst dich", „Arschloch" etc.

Der Massimo war Italiener aber davor war ein Mensch. Manche Menschen sind erst Italiener, Türke, Kurde usw. und dann erst ein Mensch. Wenn wir wie Massimo erst Mensch sein können, dann kann die Integration auch funktionieren.

9 Der Tod von George Floyd

Man kann sagen, dass Zigarette oder Corona schuld an seinem Tod sei. Man kann alles Mögliche paraphrasieren; vielleicht war er unglücklich und ein bisschen depressive, weil er seinen Job verloren hat.

Vielleicht wäre er nicht gestorben, wenn er nicht zigarettenabhängig wäre. Viele von uns wollen unsere Sorgen und Ängste mit Zigaretten vertreiben. Das funktioniert aber nicht. Am nächsten Tag sind wir am gleichen Platz und tun dasselbe immer wieder und dennoch befinden wir uns da, wo wir immer waren. Die Probleme würden eigentlich weggehen, wenn wir erkennen könnten, dass nur Gott wichtig ist.

Ja eigentlich nur Gott ist wichtig und wenn man ihn so lobt, verschwinden alle anderen unschönen Gedanken und Gefühle. Man muss nur dran glauben und sich dran verlassen. Denn wer sich auf Gott verlässt, lässt er ihn nie fallen. Das ist eigentlich auch die Bedeutung vom lateinischen Wort Religion. Also sich zurücklehnen; natürlich ohne dabei nach hinten zu schauen, ob da hinten alles in Ordnung sei. Das ist eben die Religion.

Als Nimrod den Abraham ins Feuer werfen ließ, kamen die Engel zu Hilfe, während er in der Luft ins Feuer fiel. Aber er nahm ihre Hilfe nicht an und sagte: „Allah genügt mir, er ist der beste Vertrauenshelfer".

Gott rettete ihn, indem er die Feuerstelle in Rosengarten verwandelte.

Heutzutage sind viele Menschen unglücklich wollen das Unglück mit Rauchen vertreiben. Aber es bringt nichts. Eher oder später nimmt sie dir das Leben. Meine beide Opas starben wegen Rauchen. Jeden Tag sterben Menschen wegen Rauchen und werden krank. Wieso denn auch nicht? Zuletzt las ich, dass es in einer Zigarette 599 verschiedene Inhaltsstoffe gibt, die aus allen Bereichen der Welt zusammengewürfelt sind.[82] Und über die Produktion der Zigarettenfiltern können Juden und Moslem besonders freuen, weil dafür Schweineblut verwendet wird.[83]

Ich habe im Krankenhaus gearbeitet und Menschen kennen gelernt, die wegen Rauchen ihre restlichen Tage zählen könnten oder aber auch Menschen, die 90 Zigaretten am Tag rauchten und sich zigmal operieren ließen und dennoch das Rauchen nicht ungesund sahen. Natürlich gab es auch viele Menschen, die nicht mehr laufen und sprechen konnten. Einer davon bekam Kehlkopfkrebs und hatte eigentlich am Leben kein Spaß mehr. In der Zeit rauchte ich ab und zu. Ich fragte ihn, wie ich mit Zigarette ganz aufhören könnte. Er sagte nur: „guck mich an!" Und zeigte dabei mit dem Finger auf seinen Hals, wo es ein Loch gibt.

---

[82] https://artajo.de/eine-liste-von-599-zutaten-die-in-zigaretten-gefunden-wurden/
[83] https://www.news-medical.net/news/20100401/Cigarette-filters-contain-pigs-blood.aspx

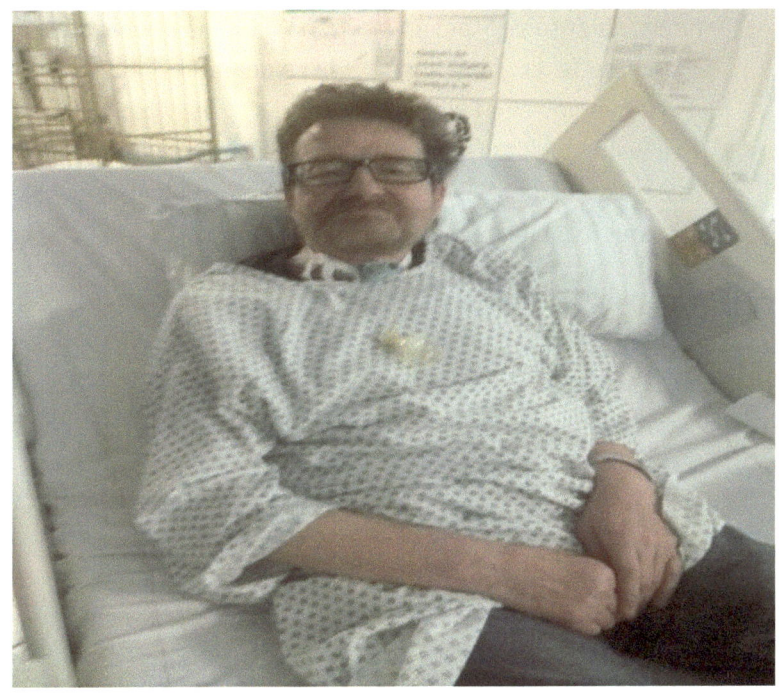

Abbildung 10: Zigarettenopfer und Menschenwarner vor Zigaretten

Er kann nicht mehr singen, essen, schmecken, küssen und vielleicht auch nicht mehr Sex haben. Mein Religionslehrer aus Erasmus-Kittler-Schule, der im zweiten Weltkrieg am Oberschenkel vom Russen erschossen und nicht Raucher war, konnte mit 76 noch sein Leben genießen.

Wir waren die einzigen in der Klasse, die Sonntag in die Kirche gehen und Freitag in die Moschee. Ich habe mich mit ihm sehr gut verstanden. Er war gegen die Russen und die russischen Mitschüler bekamen das mit. Aber er konnte nicht anders, da er so viel Leid im zweiten Weltkrieg erleben und sehen müsste. Es gab schon unzählige deutsche Frauen, die im Krieg vergewaltigt worden sind und sich aus Angst der Vergewaltigung das Leben nahmen, indem sie einfach ins Wasser liefen oder sich andersweise das Leben nahmen, was ich so aus Erzählungen mitbekommen habe.

Diese Welt und die Gefühle der Menschen sind kein Spielzeug. Man sagt im Islam, dass das Brechen des Herzens eines Menschen schlimmer sei, die Kaaba zu zerstören. So wie aussieht, legt Gott zu viel Wert dran, dass man das Herz eines Menschen nicht bricht. So einen lieben Gott haben wir alle Menschen, der gar nicht will, dass die Menschen untereinander sich das Herz brechen.

Rassismus hat die Wurzel vom Hass und endet auch nur mit Hass. Rassismus hat in sich immer Hass, auch wenn der Rassist nicht merkt. Er frisst jeden seinen Besitzer. Wer im Herzen Rassismus besitzt, hat er einen giftigen Schatz im Herzen, der ihn langsam töten wird und vielleicht am ewigen Leben im Paradies nicht teilhaben lassen wird.

George Floyd kämpfte 8 Minuten und 46 Sekunden um sein Leben. Ich habe in meinem Leben noch nie so was gesehen, dass ein Polizist am helllichten Tag unter so vielen Augen jemanden tötete. In der Stadt Minneapolis, wo er sein Glück suchte, empfang er den Tod, und zwar den schrecklichen Tod, den man erleben kann. Ein Tod, in dem ein Polizist seine Hand in die Hosentasche steckt und nur mit seinem Knie jemanden tötet. Er nutzte nicht mal dafür seine Hände. So heimtückisch tötete er einen Vater von einer sechsjährigen Tochter.

10 Der Gott und die Corona

Gott ist der größte König für alle Ewigkeit. Und auch der kleinste König bringt von allen Speisen und Getränken in seinen Plast, wenn er was Wichtiges feiern will. Die Erde hat noch nie so viele Früchte und Speisen hervorgebracht wie heute. Wir leben in Hülle und Fülle. Diese Entwicklung ist ein großes Indiz dafür, dass die Welt für etwas neues Schwanger ist.

Die Menschen haben auch noch nie so viel gesündigt wie heute. Die schwarze Liste ist nah zu unendlich. Man denkt, dass das Leiden der Menschen dem Gott egal ist; ist aber nicht. Weder das Leiden eines Menschen noch einer Katze ist dem Gott egal. Aber er ist eben Gott und denkt von allen Richtungen. Er ist Allwissend und Allweise.

Ich fragte mich, woher Corona kommt und wieso wir diese Pandemie bekommen haben. Ich fragte auch meinen Freund Flobert. Er sagte, dass es vom Teufel kommt. Ich fragte auch andere Menschen. Und die meisten sagten, dass es von Gott kommt, da die Menschen so schlimm geworden sind. Es gibt natürlich auch Menschen, die behaupten, dass die Chinesen es absichtlich gemacht haben, um ihre Seidenstraße zu vergrößern, da sie sich als größte Weltpopulation am wenigsten mit Corona infiziert haben. Es gibt auch sehr arme Menschen, die behaupten, dass der reichste Mensch der Welt was damit zu tun hat, da ja jeder weiß, dass er ein großer Misanthrop ist, der will, dass jeder das Leben aus seinem Windows sieht, um uns besser kontrollieren zu können.

Ich recherchierte ein wenig und fand diesen Hadith, was ich auf Deutsch ungefähr übersetzen würde: wenn Ehebruch und Prostitution in einer Nation auftritt und schließlich diese Nation (Gemeinschaft) diese Sünde öffentlich begangen hat, wird sich unbedingt Krankheiten wie Taun (Epidemie) und Krankheiten, die noch bei keinem Volk entstanden ist, verbreiten.

Ich glaube, dass dieser Hadith alles offenlegt, da die Menschheit Corona noch nie erlebt hat und Ehebruch und Prostitution an der Tagesordnung sind.

Das Gespräch mit einem Pizzabäcker aus Indien:

Er heißt Zink und kann perfekt italienisch und ein wenig Deutsch. Er ist seit 26 Jahren in Deutschland und arbeitet seitdem mit Italiener. Die Italiener nehmen die Bestellung in deutscher Sprache an und geben sie in italienischer Sprache in der Küche weiter, warum er besser italienisch kann.

Ich fragte ihn, woher die Corona kommt. Er sagte: „wenn die Menschen gut sind, ist die Welt auch gut und wenn die Menschen schlecht sind, ist die Welt auch schlecht. Daraufhin fragte ich ihn, ob die Corona Strafe Gottes ist. Er antworte mit indischem Enthusiasmus: „ja, natürlich! Wenn du falsch parkst, kriegst du auch Strafe oder?"

Was soll man dazu sagen. Er muss sehr wahrscheinlich Recht haben.

Wir sind leider in der Welt unersättlich geworden. Verschwendung ist auch unser bester Freund. Wir hängen so sehr an der Welt und unsere Herzen werden überhaupt nicht erschüttert, wenn wir Gottes Name hören. Normalerweise sollte das Herz zittern, wenn man den Name Gottes hört. Aber diese Zeiten sind vorbei.

Wenn man sich vom Geliebten trennt und in einem fremden Land lebt und jemand von ihr spricht, wird der Liebende erschüttert und man fühlt ein Stich im Herzen. Das Herz schlägt dann anders und er kann vielleicht einige Nächte nicht ruhig schlafen. Natürlich in der Zeit, wo es digitale Welt noch nicht gab.

Ich sehe aber, dass die Herzen der Menschen heutzutage nicht mal ein wenig zittern oder prickeln, wenn der Name Gottes erwähnt wird. Das heißt, dass man eigentlich den Gott nicht vollkommen liebt, wenn das Herz ruhig bleibt, wenn der Name Gottes erwähnt wird.

Wenn Gott bei uns so geworden ist, wie werden wir dann bei den Erhabenen und Stolzen Gott sein?

Die gute Nachricht ist, dass Gott sehr barmherzig ist; er liebt uns und hat den Menschen die Gabe gegeben, jede Krankheit zu heilen. „Allah hat keine Krankheit herabkommen lassen, ohne dass Er für sie zugleich ein Heilmittel herabkommen ließ."[84], sagte der philanthropische Prophet Mohammed.

---

[84] Sahih Bukhari, Kapital 69 , Hadithnr: 5678

I Abbildungsverzeichnis

Abbildung 1: https://www.cptheatre.co.uk/blog/guest-blog-great-porn-experiment-wonder-fools/
Abbildung 2: https://www.angst-geschichte.com/2018/08/17/erster-weltkrieg-5/
Abbildung 3: eigenes Foto
Abbildung 4: http://www.bulacanliving.com/blogs/september-07th-2015#
Abbildung 5: https://www.leaneast.com/7-habits
Abbildung 6: https://karrierebibel.de/leistungskurve/
Abbildung 7: https://www.forbes.com/sites/kenkrogue/2013/01/01/level-5-time-management-beyond-stephen-r-covey-and-ben-franklin/?sh=674132d97b0e
Abbildung 8: https://unicef.at/fileadmin/media/Infos_und_Medien/Info-Material/Kinderhandel_Sexuelle_Ausbeutung/Zerstoerte_Kindheit_-_Grundsatzpapier_neu__2008_.pdf
Abbildung 9: https://www.omnicalculator.com/math/triangle-45-45-90
Abbildung 10: eigenes Foto

II Literaturverzeichnis

(kein Datum).

An-Nawawi. (kein Datum). *Riyad as-Salihin.*

Arabi, I. (2013). *Nefsini bilen Rabbini bilir(Wer sich selbst kennt, kennt seinen Herrn).* Hayykitap.

Aristoteles. (kein Datum). *www.aphorismen.de.* Von https://www.aphorismen.de/zitat/12065 abgerufen

Aurel, M. (2015). *Selbstbetrachtungen.* e-artnow.

BIbel, D. (1980). *Einheitsübersetzung, Altes und Neues Testament.* Stuttgart: Herder.

Bibel, D. (1996). *Hoffnung für alle.* Brunnen.

Bukhari, S. (kein Datum). *Hadithsammlung.*

Covey, S. R. (kein Datum). *7 Wege zur Effektivität.*

Darwin, C. (2014). *Die Abstammung des Menschen und die geschlechtliche Zuchtwahl.* e-artnow.

Dieterich, S. (16. 04 2018). *https://artajo.de.* Von https://artajo.de/eine-liste-von-599-zutaten-die-in-zigaretten-gefunden-wurden/ abgerufen

Einstein, A. (2005). *Mein Weltbild.* (C. Seelig, Hrsg.) Ullstein.

Et-Tirmidhi. (kein Datum).

Frank, A. (1981). *Das Tagebuch der Anne Frank.* Fischer Taschenbuch.

Gates, B. (1995). *Der Weg nach vorn.* Hoffmann und Campe.

Gazali, I. (kein Datum). *Yöneticilere altin ögütler.* Semerkand.

Gilani, A. (kein Datum). *Secret of Secrets.* The islamic texts society.

Hakki, I. (2017). *Marifatname.* Bedir.

Kabat-Zinn, J. (2013). *Gesund durch Meditation.* Knaur Menssana.

Kant, I. (2017). *Die wichtigsten Werke von Immanuel Kant.* Musaicum Books.

Kazim, H. (15. 03 2015). *www.spiegel.de*. Von https://www.spiegel.de/geschichte/schlacht-von-gallipoli-massaker-im-ersten-weltkrieg-a-1022933.html abgerufen

Koran, D. (2003). (M. W. Hofmann, Hrsg.) Diederichs Gelbe Reihe.

Koran, D. (kein Datum). *Max Henning.* VMA.

Lashkari, C. (01. 04 2010). *www.news-medical.net/*. Von https://www.news-medical.net/news/20100401/Cigarette-filters-contain-pigs-blood.aspx abgerufen

Lüerssen, M. V. (01. 07 2021). *www.kleio.org/de*. Von http://www.kleio.org/de/geschichte/mittelalter/alltag/kap_v11/ abgerufen

Luther, M. (2015). *Gesammelte Werke.* e-artnow.

Muslim, S. (kein Datum). *Hadithsammlung.*

Ritter, C. (1837). *Steh' früh auf!* Basse.

Selby, D. (20. 07 2018). *www.globalcitizen.org/de*. Von
https://www.globalcitizen.org/de/content/india-
dowry-death-gender-inequality/ abgerufen

Seneca. (29. 06 2021). *www.lateinheft.de*. Von
https://www.lateinheft.de/seneca/seneca-epistulae-
morales-epistula-7-ubersetzung/ abgerufen

Sukadev. (2014. 05 2014). *https://sanskrit-blog.de*. Von
https://sanskrit-blog.de/arya-was-ist-ein-arier/
abgerufen

unbekannt. (21. 10 2008). *www.welt.de*. Von
https://www.welt.de/wissenschaft/article2605342/Di
eser-Vogel-kann-neun-Tage-ohne-Pause-fliegen.html
abgerufen

unbekannt. (10. 02 2011). *www.wikipedia.de*. Von
https://de.wikipedia.org/wiki/Fleurette_de_N%C3%A
9rac abgerufen

unbekannt. (10. 07 2015). *www.lichterdererkenntnis.de*. Von
https://www.lichterdererkenntnis.de/2019/07/10/ein
-reines-herz/ abgerufen

unbekannt. (28. 07 2020). *www.helmholtz.de/*. Von
https://www.helmholtz.de/erde-und-umwelt/wann-
polt-sich-das-erdmagnetfeld-um abgerufen

unbekannt. (01. 07 2021). *http://mathe-abakus.fraedrich.de*. Von http://mathe-abakus.fraedrich.de/mathematik/pythagoras.html abgerufen

unbekannt. (01. 07 2021). *www.biblegematria*. Von https://www.biblegematria.com/pythagoras.html abgerufen

unbekannt. (01. 07 2021). *www.omnicalculator.com*. Von https://www.omnicalculator.com/math/triangle-45-45-90 abgerufen

unbekannt. (kein Datum). *www.der-innere-weg.de*. Von https://www.der-innere-weg.de/der-innere-weg/schatztruhe/albert-einstein/ abgerufen

unbekannt. (kein Datum). *www.hakikat.com*. Von https://www.hakikat.com/deutsch/islam-die-bestimmungen-allahs-des-allmachtigen/der-glaube-an-den-jungsten-tag abgerufen

unbekannt. (kein Datum). *www.sprichworte-der-welt.de*. Von http://www.sprichworte-der-welt.de/sprichworte_aus_amerika/sprichworte_der_indianer.html abgerufen

Herstellung und Verlag: BoD – Books on Demand, Norderstedt
ISBN: 9783754330180